CHARACTER

レイフェルト

ラゼルの幼馴染のお姉さん。追放されたラゼルといっしょに国を出る。剣聖であるリファネルと拮抗する実力を持つ。

ラゼル

『超実力主義国家ラルク』の国王の息子。姉が剣聖で妹が賢者であるにもかかわらず、剣も魔法も才能がないため、国を追放されてしまう。

ルシアナ

ラゼルのことが大好きな甘えん坊の妹。「賢者」の称号を持ち、魔法の実力は随一。下着をつけたがらない悪癖がある。

リファネル

「剣聖」の称号を持つラゼルの実姉。レイフェルトに少し遅れて、追放されたラゼルを追う。過保護なくらいにラゼルを可愛がる。

CONTENTS

第一章
002

第二章
023

第三章
108

第四章
157

第五章
197

エピローグ
266

姉が剣聖で妹が賢者で

戦記暗転

BRAVENOVEL
ブレイブ文庫

第一章

「失礼します、父さんお呼びでしょうか？」

ここはラルク王国の訓練場。僕はその訓練場にこの国の国王でもある父に呼び出されていた。

「うむ、よくきた。今日はお前に大事な話があって呼んだのだ」

父は訓練場の外を窓から眺めていたが、僕が近寄ると振り返り話し始める。

僕に大事な話とはなんだろうか、正直心当たりはないが。

けれど普段僕になんの関心もない父が呼び出すくらいだ、何かあることは容易に想像できる。

「ラゼルよ、お前は今いくつになった？」

「少し前に十六になりました」

自分の子供の歳くらい覚えておけと、言いたくなる気持ちを抑えて答える。

成る程、この質問だけで父が何を言いたいのかわかってきた。

「そうかもう十六歳か。お前の歳には姉のリファネルは剣の才能を発揮していて、いくつもの大会で優勝して、周りに敵はいないとさえいわれていた。そして今では剣聖とまで呼ばれている」

確かにリファネル姉さんはすごい人だった。昔から何をしても人よりできて、剣に至っては十歳を超える頃には、大人でも勝てる者は少なくなっていて、今じゃ最強の剣聖として周りからは若干恐れられている。

そんなリファネル姉さんも、僕にはいつも優しくしてくれた。

僕には周りの人に恐がられているなんて想像できなかった。

多少過保護な気もするけど……

僕が訓練で怪我をして帰ってきた時なんて、稽古をつけてくれていた先生の所にもの凄い形相で文句を言ったり……

昔から心配性で、僕が遊びに行ったり買い物に出掛けようとすると絶対についてこようとしたもんね。

とにかく姉さんは、僕が一人で行動することを嫌ってたっけ。

父が言葉を続ける。

「そして妹のルシアナだ。ルシアナはまだ十三歳だが、その魔力量はもう魔力水晶では測れない程あり、新しい魔術を次々と開発していて、今の時点ですでに賢者と呼ばれている」

昔は何をするにもルシアナは僕の背中にくっついてきて可愛かったなぁ。

女の子なのに、十歳くらいまではお風呂にまでついてきてたっけ。

姉さんと入ればいいのに、何故か僕と入りたがった。

二人とも仲が悪いわけじゃないんだけど。

そして姉さんと同じく、いやそれ以上に僕にたいして過保護だった。

僕が剣の大会で負けた相手を魔術で燃やそうとしたり……僕絡みのことになると、とんでもないことを平然とやってしまう。

それが今じゃ賢者ね、何が起こるかわからないもんだ。

「だがお前ときたらどうだ？　その歳になっても剣の大会じゃ毎回初戦負け。魔術に関しては初級魔術すら使えない。そして特に頭の回転が速いわけでもない」

まぁ姉と妹がこれだけすごいと、僕はさぞ才能がなく映るだろう。

いや、実際にないんだけどさ。

昔から僕は何をしても普通だった。

そして姉と妹が非凡だったために、いつしか父は僕に、興味をなくしたかのような目を向けてきていた。

「確かにリファネル姉さんやルシアナと比べると僕は全然駄目ですが、僕は僕なりに努力しているつもりです」

少しばかりイラっとして反論する。

確かに大会では初戦負けで魔術の才能もないかもしれない。

けど僕も才能がないなりに頑張っているつもりだ。

「そうだな、確かにお前は頑張ってるのかもしれない。毎日遅くまで残って修行してるのも聞いてはいる」

「なら――」

「だが逆にいえば、それだけ頑張っても結果が変わらないということは才能がないということだ。ラゼルよ、お前はもう限界だ」

　才能がないのなんてわかってるんだよ。

　だから頑張ってたんじゃないか。

「ならどうしろというのですか？」

「お前もわかってると思うがこのラルク王国という場所は他の国とは違う。この国は基本的に実力主義の国だ。馬鹿でもなんでも実力さえ示せば上にいける。力が全てを決めるといっても言い過ぎではないだろう。そんな国の国王の息子がお前のように弱いと民に示しがつかんのだ」

『超実力主義国家ラルク』……周辺の国ではそう呼ばれて恐れられている。

　その理由は簡単で、この国は武に長けた者が多く、今まで戦で負けたことがないという国だからだ。

「よってラゼル、お前をこの国から追放とする。明日までに出て行け」

　どこまでも冷たい声で告げる父の顔を見上げると、そこには相変わらず興味なさそうな目をした国王が、僕を見下ろしていた。

＊

　夜になり皆が寝静まった頃、僕は国を出ることにした。

追放と父にいわれた時は頭が真っ白になり飛び出てきてしまったが、冷静になって考えてみるといい機会かもしれない。

剣の腕も魔術の才能も普通の僕は、この国にいても生きづらいだけだし、違う国にも興味はあった。

とりあえずは寝床と食事の確保をしなければならないことを考えると、なんにしてもお金がないと話にならない。

冒険者になってお金を稼いで自由に暮らすってのもありかな。

そのうち仲間ができてパーティとかを組んだりしちゃって……彼女なんかもそのうち……

あれ？　なんかワクワクしてきたぞ。

そうだよ、別にこの国に残ってやりたいことがあったわけでもないし、出てけといわれたのなら自由に楽しく生きてやろうじゃないか。

才能はないかもしれないけど僕はポジティブさには自信がある。

そこだけは誰にも負けないという自負があった。

僕は僅かばかりのお金と、自分の剣を腰に差して、暗い夜の道を出口に向かって進んだ。

*

「あれ？」

出口近くに着くと、門の所に人影が見える。

おかしーな、この時間帯は誰も居ないはずなんだけど。

近付くにつれてその人影の正体が誰かわかった。

「……何してるの？　レイフェルト姉……」

金色の髪を腰まで伸ばし、腰に剣を携えた美女がそこにいた。

月明かりに金色の髪がうっすらと反射していて、とても綺麗だ。

「国を追放されたって聞いたけど、意外と元気みたいねラゼル」

「まあね、一瞬だけ落ち込んだけどもう大丈夫。なんならこれからのことにワクワクしてるくらいさ」

レイフェルト姉はリファネル姉さんの親友で、昔から何をするのも一緒だった。

僕やルシアナのことを可愛がってくれて、血の繋がりはないけれど、もう一人の姉のような存在だ。

「ふ、相変わらずポジティブね。ちょっとこっちおいで」

ちょいちょいと、手招きされて近づく。

「えいっ！」

ボフッ
「…………なにしてんのさレイフェルト姉……」

今の状況を説明すると、僕の顔はレイフェルト姉の豊満な胸に埋もれていた。

柔らかい、いい匂いがして落ち着く。

「いや～実の父に国を追放とかいわれて、内心落ち込んでるだろうなと思ってね。昔からラゼルはこれしてあげると喜んだからね。ふふふ。いい子いい子」

確かに小さい頃は僕が落ち込んでたりするとよくこうして抱き締めてくれたけど、この歳でこれは恥ずかしいというかなんというか……

でも頭撫でられるの気持ちいい……

この感覚も懐かしいな。

姉さん達のような実力者はラルク王国を出てることが多いから、何だか随分久しぶりに感じる。

って、危ない危ない、気をしっかり持たないといつまでも抱きついてちゃいそうだ。

「もう子供じゃないんだから、離してよレイフェルト姉」

何とかして、レイフェルト姉の胸から脱出できた。

「あん、残念。もう少しギュってしたかったのに」

「でもありがとう。最後にレイフェルト姉の温もりを感じられてよかったよ」

この国に未練はないのは確かだけど、レイフェルト姉やリファネル姉さん、ルシアナともう会えないのは少し悲しいな……

「あら？　なに言ってるのかしら？　これからはいつでもギュってしてあげるわよ」

「え？」

「ん？」

どういう意味だろうか？　別れ際の冗談かな？

「えーと、僕はこの国を追放されちゃったから、もうこの国に戻ることはできないんだ。だからレイフェルト姉とは今後、会うことはないと思うんだけど……」

「それなら大丈夫よ、私もラゼルについていくもの」

「え？」

＊

今この人は何て言った？　僕についてくるだって？　いやいや、それはまずい。

非常にまずい。

僕と違ってレイフェルト姉は、剣聖であるリファネル姉さんと最後の最後まで最強の座をかけて戦い抜いた、この国の中でも最強に近い存在だ。

そんな人が僕についてきて国を抜けるなんて、父が……いやもう父ではないか、国王が黙って許可を出すとも思えない。

十中八九黙って出てきたに違いない。

「えーと、レイフェルト姉？　そのついてくるっていうのは国王に許可を取ったりなんかは……」

「許可なんてとってないわよ」

「だよね……」

そうだった。

この人はこういう人だった。

自由気ままで何者にも縛られない。

自分がこうしたいと思ったらこうする、そんな人だ。

三日以上続いたリファネル姉さんとの戦いも、「もう疲れた、帰ってお風呂入りたいわ」とかいってあっさり負けを認めたのは有名な話である。

一時はそんな生き方に憧れすら抱いたものだけど、それは絶対的な強さがあってこそだと気づいて、弱かった僕は諦めた。

でも今回ばかりはまずい。

「ラゼル、あなたが何を考えてるかはだいたいわかるわ。国王がこのまま私を放っておくわけないとか考えてるんでしょ？」

「そりゃそうさ、このままラルク王国が、リファネル姉さんと互角の強さを誇るレイフェルト姉を放っておくわけがないでしょ？　国王が追っ手を出したとして、そんな争いに巻き込まれたら僕は一瞬で死ぬ自信がある」

「ふふふ。何でそんな自信満々で死ぬとか言うのよ。そうね、でも大丈夫よ、私があなたを守るもの。ラゼルに危害を加えようとするのなら私は国とすら戦えるわ」

その言葉に僕の背筋に冷たい汗がツーっと流れた。

昔からそうだ、姉さん達は僕に対して過保護すぎる。

弟のように可愛がってくれてるのはわかるが、国を相手にするのはやめた方がいいんじゃないかと思う。

愛が重い。

「それにね、あなたも気付いてるでしょうけど、いや気付かないふりしてると言った方がいいかしら」

僕がレイフェルト姉の愛の重さに震えてると、続けて話し始める。

なんのことだろうか？

「リファネルとルシアナのことよ。あの姉妹があなたが国を追放されたと聞いて黙ってると思う？　１００％黙ってないでしょうね。国王はそこら辺をわかってないのよねぇ。下手したらラルク王国の戦力が大幅に低下するでしょうね」

気付いてたよ、考えると頭が痛くなるから気付かないフリをしてたんだ。

リファネル姉さんとルシアナが、僕に対して過保護な姉妹が、僕が追放されたと聞いて黙ってるとはとてもじゃないが思えない。

「だから結局はラゼルが考えてることは無駄なのよ。だってどっちみち面倒事は避けられないもの。それなら私がいてもいいでしょ？」

「はぁ……わかったよ、一緒に行こう、レイフェルト姉。リファネル姉さん達のことはともかく、僕はとりあえずシルベスト王国へ行こうと思ってる」

面倒事は避けられないと悟って、僕はとりあえず考えるのをやめることにした。

まぁ正直、一人で国を出ることに不安があったことは事実なので、レイフェルト姉が来てくれるのは心強い。

「当たり前じゃない。じゃあシルベスト王国までデートね」

レイフェルト姉はそういうと、僕の腕を自分の胸に抱くようにつかんでくる。

ああ、柔らか……じゃなくて
「あの、当たってるんだけど……」

いくら姉弟のように育ったからといっても、この歳でこういうことをされると色々とこっちも意識しちゃうじゃないか。

「え～？　なにが～？」

確信犯でしょ、この人。絶対にわかってやってるよ。

「ところで、ラゼルはどうやってシルベスト王国まで行こうとしてるの？」

「歩きだよ」

特に難しく考えていなかった僕は、とりあえず方向だけわかってれば、そのうち着くだろうくらいに考えていたのだが。

「歩きだと十日はかかるわよ？　私はラゼルと一緒なら全然構わないけど」

十日か……うん無理。

まずそんな食料だって持ってないし十日も歩けないぞ。

「そんなにかかるんだ……甘くみてたよ、どうしようかな」

まいったな、いきなり詰んだ。

「私がラゼルをおぶって走ってもいいわよ？」

……こんな時にからかうのはやめてほしい。

僕は無言のまま、若干冷めた目でレイフェルト姉を見た。

「ふふふ、冗談よ。そんな愛らしい目で見つめないでちょうだい。あっちに馬車を予約して待機させてあるわ」

「レイフェルト姉」

なんて頼りになる人なんだ。だけど……

「ならもう少し早く教えてよ」

「だってラゼルの困った顔が見たかったんだもの。あぁ可愛かったわ。でも勘違いしないでね、ラゼルを困らせていいのは私だけよ」

なんかレイフェルト姉は、若干Sっ気があるんだよなぁ。

「でも助かったよ、ありがとね、レイフェルト姉」

けど助かったのは事実だ。

レイフェルト姉が一緒でよかった。

それから僕達は馬車に乗り込み、シルベスト王国を目指すのだった。

＊

「お客様、もうすぐ着きますよ」

ガタゴトと馬車に揺られて三日が過ぎて、やっとシルベスト王国が見えてきた。

馬車で三日……僕はこんな距離を歩いて行こうとしてたのか。

レイフェルト姉が馬車をとってくれてなかったら僕の冒険者としての旅は、始まる前に終わりを迎えていたことだろう。

ただ、この三日間はずっとレイフェルト姉が僕にくっついて離れてくれなかったせいで若干寝不足気味だ……。

もとからスキンシップは多かったけど、こんなにベタベタしてきたっけな？　まあいいか、とりあえずは、

「レイフェルト姉起きて、もう着くみたいだよ」

僕の腕に自分の腕を絡み付けたまま寝てしまっているレイフェルト姉を、揺すって起こす。

「ん～むにゃむにゃ、後一日……むにゃむにゃ」

いやそこはせめて、後少しにしときなよ。

これはあれだな……

「……こちょこちょ」

「……ふふふ、あはっ、ふ、あはははははははっ、ちょ、ラゼルやめて、もう起きた、起きたからぁ」

やっぱりか、もうレイフェルト姉の寝たフリは何回も見てきてるからね。てか「むにゃむにゃ」ってわざとらしいにも程があるよ。

「レイフェルト姉の寝たフリは僕には通じないよ、何回騙されたと思ってるのさ。ほらもう着くから一旦離れてよ。歩きづらいし」

「ふふ、残念。もう少しラゼルの温もりを感じてたかったのに」

馬車の人にお金を支払ってから僕達はシルベスト王国の門をくぐった。

＊

「うわぁ……す、凄い！」

僕はシルベスト王国に入った瞬間、あまりの人の多さと活気に驚いた。

見渡す限りに人が溢れていて、屋台や出店などがずらーっと遠くの見えないとこまで並んでいる。

それに頭に猫の耳や、犬の耳がついている、いわゆる獣人族といわれる人も沢山歩いている。

本で見て、そういう種族がいることは知っていたけど本物は初めて見た。

ラルク王国には普通の人間しかいなかったもんなぁ。

「ラゼルはラルク王国から出たことなかったものね。私も初めて来たときは驚いたものよ。あの国は基本的に強さ以外のことに関しては全然だからね。逆にこれが普通で、今までいた所がおかしかったって思ったほうがいいわよ」

「ホントに凄い。レイフェルト姉……そういう風に見えないかもしれないけど、僕は今猛烈に感動してるよ!!」

「何言ってるのよ、そんなに目キラキラさせて。顔も緩みっぱなしで、そういう風にしか見えないわよ」

あの国に居たら僕はこんな場所があることも気付かないまま、一生を終えていたかもしれない。

ああ、追放されてよかった。

……いやそれは流石にポジティブ過ぎかな。

「今日はラゼルの初めて記念日ってことで、冒険者ギルドの登録とかは明日にして、色々見てまわりましょう」

なんか引っかかる名前の記念日だけど、まあいっか。

今日は思いっきり楽しむぞ。

＊

「申し訳ありません、この時間ですと一部屋しか空いてません」

猫耳がペタんと垂れて可愛い、宿屋の子が申し訳なさそうに僕達に頭を下げる。

辺りはすっかり暗くなっていて、外を歩く人も昼間に比べるとだいぶ少ない。

そう、僕達は時間も忘れて遊び過ぎたのだ。

正確には僕がだ。

レイフェルト姉は何度も、宿がとれなくなるからそろそろ行こうといっていたのだが……テンションが上がりすぎた僕の耳には届かなかった。

僕のテンションをここまで上げるとは、シルベスト王国……恐ろしい所だ。

「じゃあその部屋でお願いするわ」

「はい、畏まりました。こちらが鍵になります」

「ちょっと待ったぁ！　流石に一緒の部屋は駄目だよ」

いくら昔からの付き合いとはいえ、同じ部屋に泊まるのはマズイ。

きっと同じ部屋になったら、またベタベタしてくるに違いない。

多少慣れてるとはいえ、レイフェルト姉は控え目にいってもかなりの美人だ。

そんなレイフェルト姉と同じ部屋になってベタベタされたら、僕の理性がもたない。

レイフェルト姉は僕のことを弟のように思ってるからいいかもしれないけど、僕だって一応男なんだ、変に意識しても仕方ないじゃないか。

「え～～、昼間にラゼルに付き合って、もうクタクタで動けないわよ。それに他の所は一部屋も空いてなかったじゃない。昼間にラゼルに付き合ってクタクタよ」

く、それを言われると何も言えない。それに大事なことだからって二回も言わないでもいいよ。

そもそも、剣聖と三日も戦い続けた怪物みたいな人がこれくらいで疲れるわけがないでしょ……

なんて言えるわけないよね。

今回は僕の責任でもあるし諦めるか……

「わかったよ。でもあんまりベタベタしないでね」

「ふふ、それはどうかしらね」

明日は冒険者ギルドに行く予定だし、ここ最近はずっと馬車で寝てたから疲れた。ベタベタされる前に寝てしまおう。うん、そうしよう。

＊

時は少し遡り、ラゼルが追放されてラルク王国を出た二日後。

「落ち着いて下さい、リファネル様。どうか、どうか一度落ち着いて下さい」

ラゼルの姉であり剣聖でもあるリファネルは、国王の側近であるゾルバルの制止を振り切りながら国王へと詰め寄る。

「落ちつっ……うぐっ……」

「……」

剣聖は無言のまま、自分を止めようとするゾルバルを斬った。

「む……ゾルバルを一撃か……一応私の側近の中でもかなり強いほうなのだがな……」

国王は内心焦っていた。

このラルク王国で国王になるくらいだ、若い頃はかなりの数の修羅場をくぐり抜けてきた。

だが今この剣聖である実の娘から放たれる殺気は、今までに感じたことのないほど強いものだった。

それに先程の一撃……剣筋がまったく見えなかった。

「何故、ラゼルを追放なんて馬鹿なことをしたんですか、父様」

恐ろしい殺気を放ちながらも、その声は酷く静かで国王のいる部屋に響く。

「フハハ、実の父を馬鹿扱いか……成長したものだ。何故ラゼルを追放したかだと？　それは簡単なことだ。あいつには才能がない。お前やルシアナにはあってもあいつにはない。本当に私の息子かと疑う程にな」

「確かにラゼルは剣や魔術の才はないかもしれない。でも強さとは果たしてそれだけで測れるものでしょうか？　あの子は自分に才能がないことくらい昔からわかってた。それでも、剣聖や賢者なんて呼ばれてる私やルシアナに挟まれながらも、腐ることなく誰よりも遅くまで残って修行して頑張ってた。それは父様だって知ってるはずです。それを追放ですって？　そんなこと許されるわけがない……いや、誰が許そうとも決して私が許さない!!」

最後の方はもう涙声で叫んでいた。

ラゼルの努力を誰よりも見てきたリファネルは、もはや父を許す気など微塵もなかった。

「遅くまで残って修行をしていたとしても、結果が伴わなければ意味がない、それは時間の無駄というのだ」

父のその言葉を聞いて、リファネルのなかで何かが切れたような気がした。

「わかりました、国王様。では私もこの国を出ることにします。ラゼルを追放したあなたをもう父だとは思わないし、この国のために剣を振るうこともありません」

父様ではなく国王様と呼んだ、これはリファネルの決意だった。

もうこの人は父ではない。

「出てくといって簡単に出ていけると思ってるのか？　お前の剣聖という立場はそんな軽いものではないぞ」

国王としても、このままリファネルをこの国から出す気はなかった。

剣聖という戦力を失えば、少なからず国全体の力も低下する。

他の大陸との戦闘になったとき、戦力は多いに越したことはない。

それが剣聖と呼ばれる程の実力者ならばなおさら。

「国王様……私は出てくといったら出ていきます。もうあなたと話すことはありません。さよなら」

スタスタと出口に向かって歩くリファネルだが、次の瞬間、

「その馬鹿な娘を止めろ!!　絶対に外に出すな!」

国王が声を荒げると、ゾロゾロとリファネルの周りを囲むようにして影が現れる。

王直属の護衛軍だった。

囲む者達と囲まれる者、両者とも一歩も動かない。

暫しの静寂が訪れる。

その均衡を破ったのはリファネルだった。

「王直属の護衛軍ですか……見知った顔も何人かいますね。故に一度だけ忠告します。……私の進む道に立ち塞がるのであれば……斬ります」

それは先程までの殺気が生温く感じる程の、本気の殺気だった。

体の震えが止まらず、全身から汗が吹き出て、まるでこの空間すらも怯えて震えてるかのような、凄まじい程の殺気だった。

直属護衛軍はそれぞれが自分自身の判断で動くことを許されている、国王が最も信頼する護衛である。

そんな護衛軍が、悠然と自らの脇を歩いて行く女剣士を黙って見てることしかできなかった。

「何とかラルク王国を出ることはできそうですね。さて、ここからだと……シルベスト王国で間違いなさそうですね。どうせレイフェルトが一緒だと思いますが……待ってて下さいね、ラゼル。今お姉ちゃんが行きますからね」

第二章

朝、窓から差し込む日差しの眩しさで目を覚ます。

「やっぱりか……」

昨日は宿が一部屋しかとれなかったので、仕方なくレイフェルト姉と同じ部屋で寝ることになったのだが、僕はまたベタベタとくっつかれるのが嫌だったので、先にお風呂に入って早々に寝てしまうことにした。

のだが、やっぱりというか予想通りというか、僕の隣にはスヤスヤと気持ち良さそうに寝息をたてて る美女がいた。

それにしてもなんて格好だ……

一応下着の上に一枚着てはいるけど、生地がスケスケであまり意味を成していない。

何でベッドが二つあるのに、態々《わざわざ》同じ所で寝てるんだ……

またくすぐって起こそうかとも思ったが、今回は本当に寝てるようなのでもう少し寝かせてあげることにする。

シルベスト王国に無事ついたのもレイフェルト姉のおかげだし、一緒に寝るくらいはいいかな。

＊

それから少しして、レイフェルト姉が起きたので宿で軽く朝食をとってから、当初の目的通り冒険者ギルドへと向かうことにした。

「それにしても、人のベッドに潜り込んでくるのはやめてよ」

朝起きて、隣に薄着の美女が寝てるというのは心臓によろしくない。

「そんなに警戒心がないと、いつか悪い男に襲われても仕方ないよ？」

「あら、それは大丈夫よ。私はラゼル以外の男にはあまり興味ないもの。それに、襲われたら襲われたで斬り捨てるだけだもの」

僕以外に興味がないって……それは弟としてだよね？

こちらに、軽く微笑みながら答えるレイフェルト姉。

昔から一緒に居すぎて、たまに忘れてしまいがちだけど、レイフェルト姉は剣聖にも劣らない強さをもってる。

心配するだけ無駄か。

「でもありがとね。心配してくれたんでしょ？」

「いや、冷静に考えてみたら、レイフェルト姉を襲う相手の方が可哀想だったよ」

間違いなくその相手は、瞬時に斬られることになるだろう。

「いやーんラゼルの意地悪～、こんなか弱そうな美女に向かって、あんまりだわ」

腰をクネクネさせながらこっちを見てくる。

か弱い女の子アピールでもしてるのだろうか？　残念だけどその強さを知ってる僕には全然か弱く見えないし、逆に恐い。

＊

話しながら歩を進めてると、いつの間にかギルドに着いた。

ギルドの外観は思ったよりも普通で、一見宿みたいにも見えるがその大きさは宿とは比べ物にならないくらいに大きい。

正面の扉を開けてギルド内に入る。

中に入ると思ったよりも人が多く、ほとんどの人が武器なんかを装備しているので、一目で冒険者だとわかった。

正面には受付カウンターがあって、少し離れた隣は飲食スペースが併設されていて、朝からお酒を呑んでる冒険者の人達もチラホラいる。

うん、何かこの自由な感じの空気いいね。

「冒険者登録したいのですが、ここで合ってますか？」

「はい、ここで大丈夫ですよ。それでは冒険者登録とのことですので、私から少々説明させていただきますね」

受付のお姉さんの話をまとめると。

冒険者にはランクというものがSABCDという順番にあって、Sに近づく程に実力があると認められて、受けられる依頼の幅も増えるのだという。

けれどSランクなんて基本滅多になれるものじゃなく、全世界でも九人しかいないのだとか。

となると、実質Aが一番上ってわけだ。

後、冒険者カードというのをもらった。

これは冒険者ギルドに登録したことを証明する証で、どの国のギルドに行っても使えるようで、身分証明にもなるとか。

余程の実力者でもないかぎり基本的には皆、仲間同士でパーティを組んで行動するのが一般的だという。

一人ではモンスター討伐系の依頼はどうしても不利らしい。

一人で地道に薬草の採取を専門とする人も、多くはないがいるみたいだけど。

僕はとりあえずは、そこそこ楽しく過ごせて、普通の暮らしができればいいから、まずはCランクに上がることを目指して頑張ってみよう。

僕達は駆け出し冒険者の証であるDランクの冒険者カードを受け取り、併設されている飲食スペースでこれからのことを話し合うことにした。

「とりあえず僕はお金もないし、何か簡単な依頼を受けようと思ってるんだけど、レイフェルト姉はどうする？」

「どうするって、私はラゼルについてくって言ったでしょ？　勿論受ける依頼も一緒よ。私達はパーティなんだから、一心同体よ」

いつの間にパーティを組んだのだろうか？

「一心同体って……じゃあ何かいい依頼ないか見てくるね」

僕は依頼書が貼ってある掲示板に行くことにした。

冒険者達はこの依頼書を見てから、依頼内容や報酬、危険度を計算して受ける依頼を決める。気に入ったのがあれば受付カウンターに持っていき、条件が合えば依頼が成立するシステムだ。

もちろん護衛なんかの依頼はランクが低いと受けられないこともある。

Dランクの冒険者じゃ盗賊とかに襲われたら普通に負けそうだもんね。

ゴブリン討伐に、薬草採取、ワイバーン討伐、盗賊討伐、様々な依頼がある。

せっかくレイフェルト姉もいるんだし薬草採取っていうのもなんだかなぁ、でも安全を考えるとなると……

「決めたよ、レイフェルト姉！　ゴブリン討伐！　どうかな？」

悩んだ末にゴブリン討伐の依頼書をテーブルに置いて、レイフェルト姉の意見を聞くことにする。

ゴブリンならラルク王国でも、修行の時に何回も倒したことがある。

あんまり強い魔物だとレイフェルト姉は余裕かもしれないけど、僕が足を引っ張っちゃうからね。

「そうね、初めての依頼だし丁度いいんじゃないかしら？」

「決まりだね」

依頼書をカウンターに持っていこうとした時、

「おいおい、そんなヒョロっちい身体じゃゴブリンにも勝てねーんじゃねーか？　仲間はその女だけみたいだしな」

「ハハハッちげーねーっ！」

見るからにガラの悪そうな二人組の冒険者に絡まれてしまった。

何だいきなり、いくら僕だってゴブリンくらい倒せるさ……ギリギリだけど……

てかいきなり現れて失礼にも程があるんじゃないかこの人達……

「ゴブリンは何回か倒したことあるから問題ないよ。忠告ありがとう」

こういう輩は相手にしないに限る。二人組の冒険者の横を通り過ぎようとして。

「待てよ、つれねーなあ、もう少し話そうじゃねーか？　ここで会ったのも何かの縁だろ？」

腕を掴まれ、足を止める。

縁もなにもそっちが絡んで来ただけじゃないか。

「おい女！　こんなヒョロい奴といるより、俺達とこねーか？　楽させてやるし、贅沢できるぜ？　その分、夜はたっぷり奉仕してもらうけどなあ！」

「そんな奴といてもこの先、苦労するだけだぜ？」

言いたい放題だな。周りの冒険者の視線もこっちに集まってきてるような気がするし。

ここには暫くいる予定だから、変に目立ちたくないんだけどな……

「……その汚い手をラゼルから離しなさい、ゴミ共」

今まで黙っていたレイフェルト姉が口を開いた。

「落ち着いてよレイフェルト姉、僕は腕を掴まれただけで何もされてないからさ」

僕はヤバいと思いレイフェルト姉を止めようと声を掛けた。

レイフェルト姉は怒ると目付きが変わるからわかりやすい。

「……あ？　ゴミってのは、俺達のことか？」

目の前の美女が、汚い言葉を吐いたのが信じられなかったのか、一瞬固まったがすぐに怒りの形相に変わる冒険者達。

「逆に聞きたいわね、あなた達以外にいるかしら？」

「……へ、そんなにこのガキがいいのかよ、ええ？」

「うわっ!?」

掴まれた腕を力ずくで上にあげられ、床から足が離れて宙ぶらりんになってしまい、反射的に声が出てしまった。

カチャン
その時、音が聞こえた。

そして次の瞬間には全て終わっていた。

「カチャン」という音が聞こえたということは「斬った」のだろう。

いや正確には、斬り終わった後ということだ。

「なっ、おっおい！　お前、その格好！」

「うおっ！　何だこりゃ！　てかお前もだぞ！」

絡んできた冒険者の服はパンツを残して細切れになっていた。

剣聖と互角に渡り合ったレイフェルト姉の剣速は尋常じゃなく速く、常人の目では見ることすらかなわない。

故に鞘に剣が収まった音が聞こえた時には、だいたい全てが終わってるのだ。

自分達の姿に驚愕し、冒険者は僕の腕を離した。

そこまでの高さではなかったので、なんなく着地することに成功した。

「失せなさい。これ以上絡むのなら本当に斬るわよ？」

レイフェルト姉は二人組に優しく微笑みかけるが、目は全然笑っていない。

「「ヒィッ!!」」

自分達の格好を見て、斬られたのだと気付いた冒険者達は、震えた声を出しながら逃げていった。

恐いよね、だって服だけ斬るよりも、身体を斬るほうが楽に決まってるんだから。

あえて服だけ斬ったのはレイフェルト姉の忠告だ。次は斬るぞという。

周りの視線が更に集まってしまった気がするが、気にするのは止そう。

「早く受付を済ましちゃいましょ」

何事も無かったかのように向かうレイフェルトの背中を見ながら思う。

この人絶対Dランクじゃないでしょ。

＊

ガラの悪い冒険者二人組のせいで変に注目されてしまったので、その視線から逃げるように受付をササっとすませる。

「はい、依頼受付完了しました。今回の依頼ですとキャニオ森林でのゴブリン退治になります。数に決まりはありませんので、討伐された分だけギルドで魔石を買い取らせていただきます」

魔石というのはゴブリンなどの魔物を倒すと出現する石のことである。

これをギルドにいる鑑定士に見せると、どの魔物の魔石か判別してもらえるのだ。

だから嘘をついてもすぐにばれる。

それでもゴブリンの魔石をワイバーンの魔石と偽って、売ったりする詐欺は後をたたないようだ。

今回の依頼はキャニオ森林での、増えすぎたゴブリンの討伐、ようは間引きだ。

ゴブリンとは全身緑色の、人間の子供くらいの大きさで、角が額に二本生えた魔物である。

魔物の中では一番認知度が高く有名だ。

現在大量発生していて、シルベスト王国付近まで降りてきて、子供を拐ったりするもんだから問題になってるらしい。

こいつらは人間程とはいかないが、普通の魔物より知能が高い。

基本的に単体で行動することはなく常に数体で動いていて、落とし穴などの罠も仕掛けてくる。

一応Dランク指定の魔物ではあるのだが、油断して足元をすくわれる冒険者は後をたたない。

よし！　初依頼だし油断せずにいこう！

「待ってください、最後にひとつだけ」

受付のお姉さんの話を聞き終わった後、気を引き締めて向かおうとして、呼び止められる。

「白いゴブリンを見たら逃げて下さいね。最近キャニオ森林付近で目撃情報があるんですよ」

白いゴブリン？　ゴブリンって緑以外の色もいるのか？　初耳だ。

それにしても逃げろとは何故だろうか、ゴブリンなのに。

「そんなに危険なんですか、白いゴブリンって？　それとも何か理由があって倒しちゃいけないとかですか？」

「はい、とても危険です。討伐が禁止されてるわけではないのですが、強すぎて倒せないのです。今までに何組ものパーティが犠牲になっています。その中にはBランクの冒険者も何人か居たのですが……」

ゴブリンに限った話ではなく、白色の魔物というのは普通の個体とは違っていて、通常よりも何倍も強くて厄介らしい。

今までに何人も犠牲になっていることから、白いゴブリンはAランク指定の魔物として扱われてるとか。

お姉さんが丁寧に説明してくれた。

要は、Dランクの僕達なんかじゃ絶対に勝てないから逃げろってことだ。

ま、滅多に遭遇することはないらしいし、大丈夫だよね。

そして今度こそ僕とレイフェルト姉は、初依頼でキャニオ森林に向かうのだった。

＊

シルベスト王国の王都を出発して西に歩くこと半刻、僕達はキャニオ森林に到着した。

木々が生い茂った獣道を慎重に歩きゴブリンを探す。

大量発生してるというだけあって、ゴブリンはすぐに見つかった。

最初のゴブリンは三体で行動していた。

「レイフェルト姉、先ずは僕が行くよ！」

ラルク王国に居たときにゴブリンとは何回も戦わされたので、ギリギリとはいえ大丈夫な筈だ。

それに、レイフェルト姉がきたら一瞬で終わってしまいそうだったから。

これからのことを考えると、何でも自分でできるようにしとかなくちゃまともに生活もできないからね。

「う～んそうね、あれくらいなら任せても安心かしら。でも危なくなったらすぐに行くわよ？」

数歩先に敵がいるとは思えないほど緊張感のない、緩い声で返してくるレイフェルト姉。

実際レイフェルト姉にとっては敵じゃないんだろうけど。

まずは小石をゴブリン達から見て、僕達の反対方向に投げる。

一瞬小石の方を見たゴブリンの隙を見逃さず、後ろから近づいて二体同時に首を跳ねる。

すぐに二体は、消えて魔石になった。

だが残った一体が棍棒を手に戦闘態勢にはいった。

「ギギャア」と奇声を発して殴りかかってくる。

大丈夫だ、ゴブリンなら何回も倒したじゃないか。

落ち着いて対応できれば負けることはないはずだ。

スッと棍棒の軌道を読み、かわす。

だがゴブリンはかわされて空振りになった棍棒を、そのままの勢いでもう一度振ってきた。

それも冷静にかわして、ザクッと剣を胸に突き刺す。

最後の一体も魔石となった。

だがさっきからどうしても気になってることがあった。

ゴブリンがどう考えても弱すぎるのだ。

三体もいれば負けはしないまでも、もう少し苦戦はすると思ってたのだが。

少なくとも僕がラルク王国で戦っていたゴブリンは、こんなにトロくもないし攻撃にももっと威力があった。

こんなに簡単に倒せるものではなかったのだ。

おかしい……

「ゴブリンがあんまりにも弱くてビックリ！　って顔してるわね？　ふふふ」

「そうなんだよ、僕がラルク王国で戦ったゴブリンはもっと手強かった筈なんだ、でも今戦ったゴブリンは弱すぎな気がしてさ」

「それは当たり前よ、ラルク王国のゴブリンは修行のために改良された、少し特殊なゴブリンだもの。強さも普通のゴブリンとは比べ物にならないわよ。今倒したのが普通なのよ」

ふむふむ成程ね。

てことはだ、いくら僕が剣や魔術の才能がないといっても、この森林のゴブリンにてこずることはなさそうだ。

「どうりであっさり勝てると思ったらそういうことだったんだ……じゃあこの勢いでどんどん討伐して、今日は美味しい物でも食べない？」

「いいわね、大賛成よ！　でもラゼル、いくら相手が弱くても絶対に気を抜いちゃだめよ？

一瞬の気の緩みが命取りになることだってあるのよ？」

「わかってるよ。じゃもう少し奥行ってみよう」

＊

それからレイフェルト姉も参加して、僕達二人はゴブリンを倒しまくった。

相変わらずレイフェルト姉の剣は速すぎて目では見えなかった。

どんだけのスピードなんだろうか……

「これだけあれば結構なお金になりそうだね」

僕とレイフェルト姉の魔石を入れる袋はパンパンになっていた。

二人で五十体は倒しただろう。

「そうね、そろそろ戻りましょうか。だいぶお腹も空いたわ」

「あ、ちょっと待ってて」

満足したので帰ろうとした時、少しだけ離れた所に一体だけゴブリンがいることに気付いた
僕は、最後に倒してから帰ることにした。

スパッ
ゴブリンの首を斬り落として、魔石を回収しようと魔石に手を伸ばした時だった。

全身を寒気が襲った。

何事かと思い顔を上げるとそこには、全身真っ白な、僕の身長の二倍はあろうかという巨大なゴブリンが、僕を睨み付けていた。

なんだこれ？　震えが止まらない、ヤバい！　こいつは今までのゴブリンとは明らかに違う。色が白いとか体が大きいとか、そんな次元の話じゃない。

コレは戦うとか逃げるとかそういう問題じゃない。

こんなに死の恐怖を感じたのは生まれて初めてだった。

恐い恐い恐い恐い恐いっ、嫌でもイメージしてしまう。

これから自分がどうなるか。

圧倒的な死の恐怖。

今日僕は殺されるかもしれない……けどせめてレイフェルト姉だけは……

震える全身を抑え付けて、背後にいるレイフェルト姉に声をかけようと、白いゴブリンに背を向け、何とか声を絞り出す。

「レイフェルト姉!!　逃げて！！！」

カチャン

「え？」

レイフェルト姉が剣を鞘に収める音がした。

え？　この音が聞こえたってことは……

恐る恐る後ろを振り返ると、

「さ、早く帰りましょ！　今日は贅沢するわよ〜!!」

大きめの魔石がポツンと転がっていた。

いつの間にか震えは止まっている。

「……うん……帰ろっか」

とりあえずレイフェルト姉は、Aランク冒険者以上の強さを持ってることは間違いないようだ……

だってAランク指定の魔物を一閃だもの。

＊

シルベスト王国に戻る頃にはすっかり日も暮れていた。

「魔石の鑑定と買い取りお願いします」

「す、すごい量ですね……Dランク冒険者の方がこれだけの魔石を持って来たのは初めてですよ……」

受付カウンターにて魔石が大量に入った袋を出す。

受付のお姉さんは朝と同じ人だった。

「この量だと、鑑定に少々お時間がかかりますが大丈夫ですか？」

「じゃあ飲食スペースにいるので終わったら教えて下さい」

そういえば深く考えずに白いゴブリンの魔石も渡しちゃったけど、変に疑われたりしないかな？

＊

「「乾杯」」

鑑定に少し時間がかかるとのことだったので、今日はとりあえず簡単な食事と飲み物をギルドで注文した。

魔石のお金が入ってから贅沢しよう。

「プハァーッ、これよこれ！　この時のために生きてると言っても言い過ぎじゃないわね～!!」

「……おっさん臭いよ、レイフェルト姉」

グビグビとお酒を飲み干していくレイフェルト姉。

もうジョッキで四杯目に手をつけていた。

酔うと面倒くさいから嫌なんだよなぁ。

でも今日の白いゴブリンは本当に危なかったな。

今こうして晩御飯を食べてるのが奇跡のようだ。

確実に殺されると思ったからなぁ……

そしてそのゴブリンを、いとも簡単に葬った目の前の酔っぱらい、もといレイフェルト姉。

剣聖とは冒険者ランクだと、どのくらいの実力なんだろうか？　Aランクの魔物を一撃と考えるとAランクは確実にあるはずなんだけど……もしかしたらSランクくらい強かったりしてね。

でも世界でも九人しかいないって言ってたし、流石にないか。

「ちょっとぉ～、私の話きいてうの～？」

うわ、もう完璧にできあがってるよ。

呂律が回ってない。

「ごめん聞いてなかったよ、なに？」

「だから～今日はラゼルの初依頼成功祝いなんだから、もっと飲みなはいよぉ～」

そういってお酒の入ったジョッキを押し付けてくるが、僕はまだお酒を呑める年齢じゃない。

一般的には十六歳で成人扱いとされているけど、お酒を呑むのは二十歳を過ぎてからという決まりがある。

その決まりを破ったからって罪に問われることはないけどね。

というより、ほとんどの人は関係なく呑んでる。

「僕はまだ飲めないから、ジュースで付き合うよ。それで勘弁してよ」

「じゃあせめて隣にきなさい」

隣に座るくらいいいかと、向かい側のレイフェルト姉の横に移動する。

だがこれが間違いだった。

「えへへ～ラゼルぅ、可愛いわね。いい子いい子」

隣に座った瞬間に頭を胸に抱き寄せられる。

ボフッと顔が胸に埋まる。ああ、いい匂いがする。それに撫でられるのも気持ちいい。

このまま眠ってしまいそうになる気持ちを抑えて、

「ちょレイフェルト姉、離してってば」

何とか抜け出すことに成功する。

「まったく、いくら弟みたいに思ってるからってやり過ぎだよ」

ラルク王国を一緒に出てからずっと、レイフェルト姉のスキンシップが激しくて困る。

「ふふふ、弟みたいだからって理由だけでここまでしないわよ」

お酒のせいで顔が赤いせいか、凄い色っぽく見える。

「え？　それってどういうこと？」

他にも理由があるのだろうか？　なんだろう、見当もつかない。

「ラゼルさん、魔石の鑑定が終わりました」

そんなことをしていると鑑定が終わったらしいので、食事を終えカウンターにむかう。

途中レイフェルト姉が、「もう、いいところだったのに」とむくれていたけど気にしないことにした。

「あのー、お二人に確認なのですが、魔石に白いゴブリンの物が一つあるんですけど……もしかして戦ったりしました？」

「はい、戦いました。倒したのは僕ではないですけど……」

そう言って、僕の腕に絡みついているレイフェルト姉に視線を向ける。

「そうですか……わかりました」

白いゴブリンを倒したと聞いて、周りの冒険者達がヒソヒソとこちらを見てくる。

「これは買い取り分の百万ゴールドになります、ご確認下さい」

ん？　今この人なんて言ったんだ？　百万？　え？

受付カウンターの机に載せられた袋の中を確認すると、そこには見たことないほどの大金が入っていた。

えーと、宿に一泊するのが大体一万ゴールドくらいだから、その百倍？

「それとギルドマスターがお二人に話を聞きたいそうなので、明日また来ていただけますか？」

登録したばかりの冒険者がいきなりAランクの魔物を討伐したんだ、やっぱり疑われちゃうよね。

白いゴブリンの魔石は鑑定に出さないほうがよかったかも。

魔石があるのは事実なのでお金は貰えたけど。

また明日行くという約束をして、僕達はギルドを出た。

＊

「いきなり百万ゴールドなんて、凄いね冒険者って。はいレイフェルト姉」

宿に向かう途中、僕は自分の分のお金を少しだけ抜いてから、残りを全部レイフェルト姉に渡した。

こんな金額になったのは間違いなく、白いゴブリンの魔石があったからだ。

そしてそれを倒したのはレイフェルト姉で、僕は震えていただけだ。

「あら？　そんなにいらないわよ私」

「でもあの白いゴブリンを倒したのはレイフェルト姉だから。多分あれが凄い高かったんだよ」

「もうラゼルったら、私達はパーティなのよ？　パーティの報酬はパーティのものよ！　私は必要になったら言うから、それはラゼルが持ってて。もちろん自由に使って構わないわ」

「レイフェルト姉……」

こうして僕達は冒険者パーティとしての初日を終えたのだった。

*

「申し訳ありません、この時間ですと一部屋しか空いてません」

宿に着くと昨日とまったく同じ言葉が、猫耳の女の子から返ってきた。

横でレイフェルト姉がニヤニヤと笑っている。

今日は色々あって疲れたし仕方ないか。

渋々ながら昨日と同じく、レイフェルト姉と同じ部屋で泊まることになった。

朝起きると、当たり前のようにレイフェルト姉は僕のベッドに寝ていた……

*

次の日の朝、軽い朝食を済ませてから再びギルドに向かった。

ギルドマスターに会って、白いゴブリンを討伐した時の状況を説明して欲しいとのことだが。

僕みたいな弱そうな男と、女性であるレイフェルト姉のパーティが倒しました、と素直に言っても信じて貰える気がしない。

実際に戦ったのはレイフェルト姉一人でだけど。

けど白いゴブリンの魔石があるのは事実なわけだし、ギルド側も信じるしかないんじゃないか？　いっそのこと僕達が遭遇した時には、もう瀕死の状態だったとか嘘を言うのもありかもしれないな。

そんなことを考えてる内にギルドについてしまった。

「すいませんラゼルさん、態々きていただいて」

「いえ、今日も何かいい依頼があったら受けようと思ってたので大丈夫ですよ」

「そう言って貰えると助かります、ギルドマスターは奥に居るのでどうぞこちらに」

受付のお姉さんと簡単な挨拶をすませ、カウンターの奥の扉を開ける。

「失礼します、話を聞きたいとのことだったので来たんですけど」

「おお、態々すまんな。ワシはここでギルドマスターをやらせてもらっとる、セゴルという者だ。以後よろしく頼むぞ。ラゼルに、えーと……レイフェルトだったか？」

奥の部屋には五十代くらいの、いかにも昔冒険者でしたって感じのイカツイ親父さんが椅子に腰かけていた。

セゴルと名乗ったその人は、僕を少し見た後、暫くレイフェルト姉を見てから何か納得したように、成る程といった感じで一人頷いていた。

「はい、こちらこそ宜しくお願いします」

「ほう冒険者にしては礼儀正しいのぉ、中々の好青年じゃないか」

「当たり前じゃないのよ、誰だと思ってるの？　私の可愛い可愛いラゼルよ」

僕はレイフェルト姉のじゃないけどね、レイフェルト姉は相手がギルドマスターでもいつも通りだった。

「まぁそれはさておき、さっそくで悪いが本題の白いゴブリンのことだがな、一応その時の状況を教えてくれるか？」

サラッとレイフェルト姉を流すセゴルさん
うーん結局何て言ったもんか、考えが纏まらないままだけど……よし、僕達が遭遇した時は瀕死だったことにしよう。

それが一番丸くおさまりそうだ。

僕が喋ろうとすると、

「状況も何も、ただゴブリンが出たから斬っただけの話よ。説明するまでもないわ」

レイフェルト姉が先に口を開く。

もう、せっかく僕が色々考えてたのに。

「ははは、ゴブリンが出たから斬ったか。そりゃそーだ」

ほらやっぱり信じて貰えてないじゃないか、ギルドマスター笑っちゃってるよ。

「ワシも白いゴブリン討伐の話を聞いたときは正直信じられなかったが、嬢ちゃんを見たときにわかったよ。これでもワシは若い頃はAランク冒険者でな、人を見る目には自信がある。嬢ちゃん、あんた相当つえーだろ？　見た瞬間に白いゴブリン倒したってのも納得しちまったよ。あんた何者だ？」

だからさっきレイフェルト姉を見てたのか。

それにしてもレイフェルト姉の強さを見抜くなんて、流石は元Aランク冒険者ってとこだろうか。

「何者っていわれても、私は私よ。そうね強いていうならラゼルの保護者みたいなものよ」

多分セゴルさんが聞いたのは、そういう意味じゃないと思うんだけど。

「まぁ、言いたくないならいいさ。本題はここからだ。白いゴブリンを倒した奴をDランクにしとくのもどうかという話になってな、ギルドマスター権限で嬢ちゃんのランクをAに引き上げることになった。Aランクの魔物を倒せる程の実力者だ、ギルドとしては高ランクの依頼をできるだけ受けてほしい」

いきなりAだなんて凄い、流石レイフェルト姉だ。

本来ランクというのは何個も依頼をこなして、ギルドに実力が認められて初めて上がるものらしい。

それをレイフェルト姉は一つの依頼で達成したのだ。

「もちろんラゼルもAランクになるのよね？」

「すまんがそれは無理だ、どう見てもラゼルにAランクの実力があるようには見えない。上がるのは嬢ちゃんだけだ」

よかった、実力もないのにAランクにされたら色々と大変そうだしね。

「あらそうなの？　なら私もDランクのままでいいわ」

あっさりとランクアップを断るレイフェルト姉。もったいない。

「いや、そういうわけにもいかんのだ」

「ならラゼルもAランクにしなさい。いい？　私とラゼルはパーティを組んでるの、一心同体なの、私の強さはラゼルの強さよ！」

「AランクとDランクでもパーティは組めるぞ？」

「そういうことじゃないのよ！　おそろいがいいの！」

ポカンとした顔をするセゴルさん。

「こりゃまたとんでもない考えだな……わかった、この件はとりあえず保留にしておく」

「なんかすいません」

レイフェルト姉の謎の圧力にギルドマスターもおとなしく引き下がってしまった。

僕が原因なので一応謝っておく。

*

さてさて、これでギルドマスターへの説明も何とかなったし、今日も何かいい依頼がないか見てみようかな。

話が終わってカウンターの方に戻ると、なぜかギルド内が少しザワザワしている。

揉め事でも起きたのだろうか？

「ラゼル!!　やっぱりここにいたのですね!!」

突然僕のほうに、もの凄い勢いで走ってくる女性が一人。

…………何でここにリファネル姉さんが？

＊

艶のある腰まで伸びた綺麗な黒髪、若干つり上がり気味の目に、整った顔立ち。

見間違えようハズもない、剣聖である僕の姉がギルドにいた。

何しに来たんだろうか？　まさかレイフェルト姉をラルク王国に連れ戻しにきたとかじゃないよね？　勘弁して欲しい、この二人が戦ったりしたら、シルベスト王国に多大な迷惑がかかる。

「よかった無事だったんですね、国の仕事から戻ってきたらラゼルが居なかったので、周囲の人間を問いただした所、なんと国を追放したとか抜かすではありませんか。もうそれを聞いた瞬間、お姉ちゃんプッツンしちゃいましたよ」

プッツンって子供じゃないんだから。

てことはレイフェルト姉を連れ戻しに来たわけじゃなさそうだ、よかった。

「それで、リファネル姉さんはこの国に何しにきたのさ？」

「ラゼルを蔑《ないがし》ろにしたあの国にはもう居る必要がなくなったので、お姉ちゃん家出してきちゃいました。私はもうあの国のためには剣を振るいません。これからはずっと一緒にいられますよ」

剣聖であるリファネル姉さんと、それと互角のレイフェルト姉。

つまりラルク王国は、国の最高戦力を一度に二人も失ったことになる。

不味くないかなこれ、絶対にこのますますんなり終わるとは思えないんだけど……

「ラゼルには私がついてるから大丈夫よ、あなたは安心して国に帰りなさいな」

「あら居たんですねレイフェルト、全然気付きませんでした。国に帰れとはどういうことでしょうか？」

ずっと僕の隣に居たから気付いてないわけはないのだが。

「相変わらずラゼル以外には興味ないのね、リファネル。言葉の通りよ、ラゼルには私がいるから大丈夫って言ったのよ。もうギルドでパーティも組んでるし、寝るときだって一緒なんだから。あんたの入り込む余地はないわ」

ふふんと勝ち誇った顔をするレイフェルト姉。

いやいや、言い方!!　そんな言い方じゃ誤解されるじゃないか、これ以上話をややこしくしないでよお願いだから。

「ふん、どうせ宿が一部屋しか空いてなかったとかそんなオチでしょう？　そんなこと言うなら、私はお風呂だって一緒に入ってます。そのあと一緒に寝たりもしました。ラゼルは私のです」

うん。それ小さいときの話ね。

まるで最近までそうだったかのように聞こえるんだけど……

暫くの間、火花を散らす二人。

「まあまあ二人とも一旦落ち着いてよ。リファネル姉さんも遠くから来て疲れてるんじゃない？　ここじゃ迷惑になるから一先ず飲食スペースに行こうよ」

「そうですね、レイフェルトがあることないこと言うから、お姉ちゃん少し熱くなっちゃいました。反省です」

「ふふふ全部本当のことなのに。ねー？　ラゼル」

そう言ってレイフェルト姉がくっついてくる。

ああもう、せっかく丸く収まりかけてたのに。

そしていちいちくっついてこないで。

「やはりあなたとは一度ちゃんと決着をつけないといけないようですね」

「やるなら相手になるわよ？」

「もう!!　いいから行くよ二人とも!!」

二人の手を無理矢理引っ張り、ギルドの飲食スペースに向かう。

ああ……今日も依頼を受けようと思ってたのに……

＊

椅子に座り飲み物を注文した後で、僕達三人は今後どうするか話し合うことになった。

「一応、僕とレイフェルト姉は今ギルドに登録していて、依頼をこなして生活費を稼いでるんだけど、リファネル姉さんも冒険者登録して一緒に動くって形でとりあえずいいかな？」

僕達の現状を説明する。

家出って言ってたけど、リファネル姉さんはもうラルク王国に戻る気は無さそうだし、何より僕のことを心配して来てくれたんだ。

邪険にはできないし、するつもりもない。

昔から僕のことを第一に考えてくれて、修行も何回も付き合ってくれたし、落ち込んだら優しく励ましてもくれた。

少し過保護過ぎる所もあるけど僕だってそんなリファネル姉さんが大好きだ。

「ラゼルと一緒ならそれでいいです。後、私のことは姉さんではなくてお姉ちゃんと呼んで下さい。前から言ってるではないですか」

この歳になってお姉ちゃん呼びは正直恥ずかしい。

昔はお姉ちゃんと呼んでいたんだけど、だんだんと恥ずかしくなってきて、今ではリファネル姉さんと呼んでいる。

どうやらそれがお気に召さないらしく、唇を尖らせてジトッとこちらを見てくる。

「僕ももう成人してるわけだし、お姉ちゃん呼びは恥ずかしいよ」

「何を恥ずかしがることがありますか。どれだけ歳を重ねても私がラゼルのお姉ちゃんであることは変わらないのです。だから安心してお姉ちゃんと呼んで下さい、さあ！」

く、もうとりあえずリファネルお姉ちゃんって言って逃れるしかないか、次からなに食わぬ顔で姉さん呼びに戻せばいいか……恥ずかしいのは今だけだ。

「はいはい！　いつまでも二人でイチャついてないで、今後のことを話すんでしょ？」

いいタイミングでレイフェルト姉が間に入ってくれた。助かった。

「今後のことも何も今ラゼルが言った通り、冒険者登録して依頼をこなして生活する。これでいいではありませんか？」

「当面はそれでいいでしょうけど、あんたこのままラルク王国が黙ってるとは思ってないでしょ？　必ず私やあんたを連れ戻そうと動くはずよ。そうなった時に宿暮らしだと宿の人達に迷惑がかかるわ。それに宿って何か落ち着かないのよね。だって隣の部屋には赤の他人が寝てるのよ？　私は耐えられないの」

宿の人達に迷惑がかかるっていうのが、おまけに聞こえるのは気のせいだろうか……

「成る程、一理ありますね。つまり家を買うということですか？」

「そのとおり。私とあんたがいればSランクの依頼を受けられるでしょ？　どっちかがラゼルを守ればいいんだし。そうすれば家なんてすぐ買えるんじゃないかしら」

レイフェルト姉は簡単に言うけど、Sランクの依頼ってドラゴン討伐とかヤバイのばかりだった気がする。

大丈夫だろうか？

っていうかDランクじゃSランクの依頼を受けられないんじゃなかったっけ？

さっきのセゴルさんの話は断らないで、レイフェルト姉だけでもAランクになっといたほうがよかったんじゃないかな。

「そうですね、私達が負けるような魔物なんて存在しないでしょうし、いいんじゃないですか？　ラゼルはどうです？」

凄い自信だ……待てよ？　いい方法を思いついてしまった。

「それって二人でSランクの依頼を行ってきたほうがいいんじゃないかな？」

僕を守りながらだと、実質一人でSランクの魔物と戦わないといけないことになる。

僕がいなければ二人で戦える。

その間に僕は自分の実力に合った依頼を受けてればいいし。

いいことしかないじゃないか！

「駄目よ」「駄目です」

二人の声が丁度重なった。

ですよね……わかってました、はい。

「私はラゼルと一緒に冒険がしたいのです。何が悲しくてレイフェルトと二人で行かないといけないんですか」

「そうよ、ラゼルがいないと意味がないわ。それにラゼルも一緒に住むんだから依頼はパーティで達成しないとね」

僕は宿暮らしでもいいいんだけどなぁ……

＊

シルベスト王国に家を買うという目標が決まった所で、僕達はリファネル姉さんの冒険者登録をするべく、ギルドのカウンターへと向かった。

「じゃリファネル姉さん、そこの受付カウンターで登録できるから。僕達は何かいい依頼がないか見てるから、終わったらきてよ」

「わかりました。レイフェルト、ちゃんとラゼルを守るんですよ？」

「ギルド内で危険なんてないわよ。過保護ねぇ」

僕から言わせてもらうと、どっちの過保護具合も変わらないと思う。

二人とも僕が追放されたからって国を出てまで、僕についてきてるんだから。

＊

「おい聞いたか？　もうすぐこの国に勇者パーティが来るらしいぜ？」

「マジかよ。噂では聞いたことあるけど、本物見るなんて初めてだぜ。しかしなんでまたシルベスト王国なんかにくるんだ？」

「なんでも勇者パーティの一人がこの国の出身なんだとさ」

リファネル姉さんの冒険者登録が終わり、依頼が貼ってある掲示板に向かう途中、飲食スペースの方から冒険者達の声が聞こえてきた。

勇者パーティとは、魔王を倒すために世界中を旅してる、世界に認められた強者の集まりだ。

初代勇者パーティの話はとても有名で本にもなっている。

僕も小さい頃はその本を読んでいた。

物語の中の勇者はとてもカッコ良く、次々と魔族の幹部を倒していって、最後には苦戦しながらも魔王を討伐して、世界に平和をもたらしたとされてる。

僕も憧れに胸を焦がしたもんだ。

本気で勇者パーティに入りたいと思っていた時もあった。戦闘の才能がなくて諦めたけど。

魔王を討伐したのになんでまだ勇者パーティがあるのかというと、理由は簡単で、また新たに魔王を名乗る魔族が現れたらしい。

それが十年程前の話だ。それからすぐに新しく勇者が選ばれたが、未だに討伐には至っていない。

「すいません、勇者パーティがこの国に来るって本当ですか？」

僕は勇者と聞いてワクワクする気持ちを抑えられなくなって、気付いたらその冒険者達に声をかけていた。

仕方ないじゃないか。

昔憧れた、物語の中の存在に会えるかもしれないのだから。

「おう、誰かと思ったら白ゴブリンを倒した兄ちゃんじゃねーか。噂になってるぜ」

「いやあれは僕が倒したわけじゃなくて、あっちの女の人が倒したんですよ」

掲示板にいるレイフェルト姉を指差す。

「マジかよ、あんな綺麗なのに腕も立つってか？　羨ましいぜ。勇者パーティが来るってのは本当だぜ。確かな筋から聞いた情報だから間違いないぜ。いつ来るか正確な日はわからねえがな」

どうやら勇者パーティが来るのは間違いないらしい。

でも依頼の途中でできてタイミング悪く会えないなんてことになったら嫌だな。

いっそのこと勇者パーティが来るまで依頼を休むってのもありかもしれない。

Sランクの依頼なんて受けたら、いくらあの二人が強いとはいってもすぐには終わらないだろうし、このチャンスを逃したらもう二度と会えないかもしれない。

＊

「ふふふ、ラゼルは昔から勇者のお話が大好きだったものね」

その後、冒険者達と少し話して、軽くお礼を言ってレイフェルト姉の所に戻ってきた。

「まあね。でも凄くない？　勇者パーティだよ？　楽しみだなぁ」

「そんなことよりもラゼル、これを見てちょうだい」

そんなことって……レイフェルト姉が渡してきた依頼書に目を通す。

「……レイフェルト姉？　これドラゴン討伐って書いてあるんだけど、見間違いじゃないよね？」

「見間違いじゃないわよ？　掲示板を見てたらそれが一番報酬がよかったのよ。それだけで家を買えるだけの額が手に入るわ。決定ね」

ドラゴンなんて物語の中の勇者パーティでも手こずる相手だよ？　それをそんな軽いノリで決めないで欲しい。

それに、勇者パーティに会えなくなるかもしれないから、それまで依頼を休もうと思ってたのに。

「ドラゴン討伐ですか？　ふむ、手頃ですね」

冒険者登録を終えたリファネル姉さんが戻ってきたようだ。

ドラゴンが手頃って……

「ちなみに姉さん達はドラゴンと戦ったことあるの？」

「私はないわよ。リファネルもないでしょ？」

「そうですね、私もないです。けれど見たことはありますよ？　安心して下さいラゼル。あんなのは蜥蜴に翼がついただけです。お姉ちゃんの敵ではありません」

戦ったこともないのに、姉さん達のこの自信は何なんだろうか？　どんな相手でも自分が負けるなんて微塵も思っちゃいない。

いや僕も姉さん達が負けた話なんて聞いたことないし、想像もできないけど。

それでもドラゴンが相手となると少し心配だ。

「もうすぐこの国に勇者パーティがくるらしいんだけどさ、僕どうしてもこの目で見たいんだ。だからそれまで依頼は休みにしない？」

「それなら早く討伐して早く帰ってくればいいだけです。いつくるかも定かではない者達を待ってる時間が勿体ないです」

「早く討伐って……ドラゴンっていったらあの勇気パーティですらてこずる魔物だよ？」

「お姉ちゃんなら楽勝です」

リファネル姉さんは基本的には僕のことを第一に考えてくれる優しい姉だけど、勇者が絡むと話は別である。

昔から僕が勇者パーティの凄さを語ると姉さんは決まってヘソを曲げて「お姉ちゃんのほう

が凄いです」って張り合ってたっけ……

「そうね。その間に他のパーティにこの依頼をとられたら嫌だわ。ちゃちゃっと行って帰ってきましょうか」

ドラゴン討伐の依頼を受ける人なんて滅多にいないよ……

二人は足早に受付の方に行ってしまった。

*

「ちょっと、依頼の許可が出ないってどういうことよ！」

「ですから最初に説明した通りです。依頼にはランクがありまして受ける依頼に対して冒険者のランクがあまりに離れてますと、受けることができないのです」

受付カウンターでレイフェルト姉が騒いでいる。リファネル姉さんはその横で大人しくしている。

やっぱりそうか、冒険者登録の時にそんなこと言ってたような気がしたんだよ……一度に沢山の説明をされたから正直全部は覚えられなかった。

「あなただって知ってるでしょ？　私達が白いゴブリンを倒したこと！　ドラゴンだってそう変わらないわ」

「すいません、ギルドの決まりなので」

ゴブリンとドラゴンでは強さに相当の差があると思うのだけど……

諦め悪く受付のお姉さんに食い下がるレイフェルト姉だが、結果は変わらない。

勇者パーティがいつ来るかもわからない状態なので、依頼を受けたくない僕は、心の中で受付のお姉さんを応援してたのだが。

「構わん。受けさせてやれ」

奥の部屋からギルドマスターのセゴルさんが出てきた。

く、流れが変わりそうな気配がする。

「ですがよろしいのですか？　ラゼルさんのパーティはメンバー全員がDランクですが」

「それについてはさっきの話通り、レイフェルトの嬢ちゃんをAランクにすりゃ問題ないだろ。どうする？　Aランクにならないと依頼は受けさせてやれねーぞ？」

レイフェルト姉は一度Aランクになるのを断っている。

僕も一緒じゃないと嫌とかいってね。

ランクまで一緒じゃなくてもいいと思うんだけどなぁ。

「ハァ、仕方ないわね。その代わり条件があるわ。もしも私達のパーティがドラゴンを討伐して依頼を成功させたら、他の二人もAランクにしてちょうだい」

「ドラゴンを討伐できたなら、それくらい構わないぞ。討伐できればの話だがな。言っとくが少しでもヤバイと思ったら直ぐに逃げろよ。嬢ちゃんが強いってのはわかるが、それでもドラゴンより強いとは思えない」

「ふふ、あなた嘗められてますよ。あんな蜥蜴よりも弱く見えるだなんて。あー愉快ですね」

先程まで静かだったリファァネル姉さんの笑い声が響く。

姉さん、お願いだからレイフェルト姉を煽らないで……

「ん？　あんたは……」

「先程冒険者登録したリファァネルさんです」

受付のお姉さんが答える。

暫くリファァネル姉さんを見るセゴルさん。

レイフェルト姉の時と同じように強さを見抜こうとしているんだろうか？

「成る程な、こりゃまたとんでもなく強そうな嬢ちゃんがきたもんだ」

リファァネル姉さんの強さも認めたようだ。

実は剣聖です、なんて言ったら驚くかな。

「聞き捨てならないわね……私がドラゴンより弱いですって？　いいでしょう、今すぐに討伐してきてあなたの目が節穴だったと証明してみせるわ」

ドラゴンより弱いといわれて、少しイライラしだすレイフェルト姉。

いくらなんでも今すぐには無理だよ。

色々準備だってあるし馬車だって予約しなきゃいけないだろうし。

「まぁまぁ落ち着いてよレイフェルト姉。まずはドラゴンの居場所や依頼の詳しい話を聞こう、ね？」

「ラゼルが言うなら仕方ないわね」

そう言いながら僕にくっついてくる。よかった、イライラは何とか落ち着いたみたいだ。

でもあまりベタベタしないで欲しいな、リファネル姉さんの目が怖いよ。

＊

依頼の詳細を聞いた後、僕達はギルドを出た。

本来ドラゴンの討伐というのはまず、ドラゴンを見つけないことには話にならないのだが、
今回はドラゴンの棲みついている洞窟がわかってるらしい。

もう何十組ものパーティがこの依頼に挑んでいるのだが全て失敗に終わっている。

事態を重く見た国王は国の騎士団を派遣したのだが、それも失敗に終わった。

成る程、それであの馬鹿げた報酬ってわけか。

話を聞けば聞くほど、無事に帰ってこられる気がしない。

「さあ準備はいい？　行くわよ」

「私はいつでも大丈夫です」

は？　今ギルドで話を聞いて出てきた所だよ？　準備も何もないよね？

「いやいや、二人とも落ち着いてよ。話聞いてた？　洞窟の場所はここからだと馬車でも丸一日かかるって言ってたでしょ？　それに色々準備も必要だしさ」

少しせっかち過ぎじゃないかな二人とも。

「フム、馬車で一日ですか。それなら走った方が速そうですね」

「そうね、問題は……」

二人してこちらに視線を向けてくる。

走った方が速いって？　冗談だよね？　ね？

「ジャンケン、ポン!!」

何を賭けた勝負かはわからないけど、二人はその場でジャンケンを始めてしまった。

「私の勝ちですね。あなたはさっきラゼルにベタベタとくっついていたんだからいいではありませんか」

「仕方ないわね、負けは負けよ」

結局何の勝負だったんだろ？

「さぁラゼル、お姉ちゃんの背中に乗って下さい」

「へぁ？」

思わず変な声が出ちゃったじゃないか。

「えーと、何で？」

意味がわからない。

「ですから目的地まで走って向かうので、ラゼルの足では少々厳しいでしょうから私がおぶって行くことになりました」

きっとこの姉二人に何を言っても聞いて貰えないだろう。

僕は諦めてリファネル姉さんの背中に乗ったのだった。

まさかジャンケンの景品が僕のおんぶ権だったとは……

＊

「うわぁっ!?」

走り出したリファネル姉さんの背中で、僕はそのあまりのスピードに驚愕してしまった。

一瞬で景色が置き去りにされていく。

馬車よりも速いと自負するだけはある。

レイフェルト姉さんは、隣を涼しい顔で並走してるし。

これだけの速さを維持したまま、走り続けることが可能なのだろうか。

出発してから一刻ほど立った。

二人の様子を見るに僕の心配は杞憂に終わりそうだ。

こんだけ走って息切れひとつしてないって……姉さん達は本当に僕と同じ人間なのだろうか
……

「ん？　なんだろあれ？」

まだかなりの距離があったが、遠くの方で人が集まってるように見える。

「どうやら盗賊のようですね。馬車が一台囲まれてます」

剣聖は目もいいらしい。

僕がぼんやりとしか見えない状況を正確に捉えていた。

「面倒だから放っておきましょ」

「それもそうですね」

馬車は放っておくことにしたようだ。

しかし僕としてはできることなら助けてあげたい。

盗賊に捕まった人達の末路を知ってるからだ。

女性は男達の慰みものにされ、男は奴隷として売られてしまう。

奴隷としての価値がない場合はその場で殺されてしまうことも多いと聞く。

「もし姉さん達が嫌じゃなかったらなんだけど、できれば助けてあげたいな。駄目かな？」

姉さん達が嫌がったら諦めるつもりだ。

実際戦うのは姉さん達だろうから、役に立てない僕が強制はできない。

それにこの世界じゃ、盗賊に襲われて命を落とすなんて珍しいことじゃない。

それでも助けられるのなら助けてあげたかった。

この二人にはそれを片手間で片づけるだけの力があるんだから。

「んー、そうですね。後でラゼル成分を補充させてくれるのでしたら助けるのも吝かではありません」

「ズルいわ！　なら私もやるわ」

僕成分を補充とはなんだろうか？

よくわからないけどそれで助けられるのなら。

「いくらでも補充していいからお願い」

二人は更にスピードを上げて盗賊達の方へと向かう。

*

「グヘへ、こいつはかなりの上玉じゃねーか。流石は貴族の娘だぜ」

「駄目だぜ貴族様がこんな弱っちい護衛しか連れてないなんて」

「親分さっさとやっちまいましょうよ」

「待て待て慌てるな。まずは俺が味見をだな」

「はぁ～……盗賊って本当に下品で、品性の欠片もないわね」

レイフェルト姉がやれやれといった感じで盗賊の会話に割り込む。

僕達がついた時には馬車を数十人の男達が囲っており、護衛で雇ったであろう冒険者達が血を流して倒れていた。

恐らく死んでいる。

その馬車の中では高そうなドレスに身を包んだ、僕と同じ歳くらいの女の子が震えていて、執事っぽい初老の男の人が女の子を守ろうと盗賊の前に立ち塞がっていた。

「あん？　なんだお前ら……」

「あんた達に教える必要はないわ、どうせすぐに死ぬんだもの」

「生意気だな、だが……よく見たら二人とも相当の美人じゃねーか。こりゃ楽しめそうだな！

おいお前達、馬車の方は後回しにして先にこいつらだ！　男の方は殺して構わねーぞ！」

親分と呼ばれた男は、標的を僕達へと変えたようだ。

ぞろぞろと盗賊が僕達を取り囲む。

「あなた今……ラゼルを殺すっていいましたか？」

リファネル姉さんがゆっくりと腰の剣を抜いた。そしてほんの僅かに剣が揺れたように見えた。

その直後だった。

「ぎゃあっっ!!」「がっ、な、なんだこりゃっ！」「うわぁぁぁっ!!」「俺の腕がぁっ!!」

ボトボトっと鈍い音が聞こえたので視線を向けると、全ての盗賊が両腕を斬り落とされた状態で膝をつき、苦痛に悲鳴をあげていた。

「ラゼルに殺意を向けるとは……万死に値します」

斬った動作が全く見えなかった。

レイフェルト姉と違って剣は抜いたままなので刀身は見えるけど。

「大丈夫ですか？　これよかったら使って下さい」

その隙に僕は馬車の方へと駆け寄り、少し怪我をしていた女の子に持っていたポーションを渡す。

どうやら生き残っているのはこの子と執事っぽい男の人だけだった。

「あ、ありがとうございます。本当に助かりました。もう駄目かと思いました……うっ」

助かった安堵からか女の子は泣き出してしまった。どうしたもんか……

「ラゼル、長居は無用よ。早く行きましょ」

カチャンという音のあとにレイフェルト姉の声が聞こえた。

止めはレイフェルト姉が刺したようだ。

全ての盗賊の首が地面に転がっていた。

可哀想だとか、そういうことは一切思わない。

こいつらは盗賊だ。

今までに同じようなことを何回もしてるだろうし、生きたまま国に突き出しても死刑は免れないだろう。

「見た所馬車は無事のようです。その執事の方がいればシルベスト王国までは大丈夫でしょう」

「ありがとうございます。このご恩は必ずやお返しします。ですが、あなた達は何者なのですか？　護衛に雇っていた冒険者は全員Bランクだったんですが、盗賊になすすべもなくやられてしまいました。その盗賊をいとも簡単に斬り伏せるとは」

執事の人がお礼と共に何者かと尋ねてくる。

「ただの冒険者よ。あなた達もシルベスト王国にいるならまた会うかもしれないわね。さ、早く乗ってラゼル」

こちらに背中を向けて乗れと合図してくるレイフェルト姉。

次はこっちなのか。

「待ちなさい。なに当たり前のように乗せようとしてるのですか？　それは私の役目です」

「ここまではあなたに乗ってたんだから次は私の番よ！」

結局今度はレイフェルト姉の背中に乗ることになった。

別れ際、執事の人も流石に苦笑いしてたよ。

＊

「おかしいわね、中から生き物の気配がしないわ」

「確かにしませんね。ですが念のため中を確認してみましょう」

盗賊を瞬殺した僕らのパーティは、ギルドから教えてもらったドラゴンの棲むという洞窟に辿り着いた。

しかし中から生き物の気配はしないらしい。

僕も二人の真似をして洞窟に意識を集中してみるが…………駄目だ、さっぱりわからない。

「そんなに軽いノリで入って大丈夫かな？」

「お姉ちゃんが一緒なんですよ？　逆に大丈夫じゃない状況なんてありえません」

「ほら、とにかく進んでみましょ」

自信満々の姉の後ろを渋々ついていき、洞窟に入る。

洞窟内は外からではわからなかったけど、想像以上に浅く奥行きがなかった。

すぐに行き止まりの壁にぶつかってしまった。

「何もないね、もうドラゴンも引っ越したんじゃないかな？　今回は諦めて帰ろうよ」

「待って下さい。先程までここには何かがいたようです。とても大きな何かが」

元々ドラゴン討伐なんて反対だった僕は、早々に撤退を提案したのだが、地面に手をつけて何かを感じ取ったリファネル姉さんに止められる。

大きな何かかね、まぁドラゴンの棲みかにきてるんだからドラゴンなんだろうけど、やっぱりいたのか。

今は狩りにでも出てるのだろうか？

「じゃあ早くここから出たほうがいいんじゃない？　こんな行き止まりの所にドラゴンが戻ってきたらヤバイと思うんだけど」

「そうね、ここじゃちょっと戦うには面倒かもね。外で待ち伏せしてましょう」

「いえ、どうやら間に合わなかったようです」

外に出ようと意見が纏まった時だった。

只でさえ薄暗かった洞窟内が更に暗くなった。

何かと思って出口の方を見ると、そこには巨大なドラゴンが鋭い眼光をこちらに向けて立っていた。

初代勇者パーティの物語にも登場するドラゴン。

その光沢のある鱗はあらゆる魔術や剣戟を弾き、人の身長はあろう鋭く伸びた爪はあらゆるものを切り裂く。

そしてその口からは、全てを燃やし尽くすという灼熱の業火を噴き出す。

そのあまりの強さと獰猛さに、初代勇者パーティも苦戦を強いられている。

昨日、白いゴブリンに感じた死の恐怖。

生まれて初めて死ぬかと思う程の圧力を感じた。

しかし今目の前にいるソレは、昨日の恐怖が軽く吹き飛ぶ程のヤバさだった。

全身から冷や汗が止まらない。

その鋭い眼光に睨まれただけで僕は、その場に立っていることができなくて膝をついてしまった。

冷静に考えて、初代勇者パーティですら苦戦するドラゴンにどうやって勝つつもりだったのだろうか？

姉が剣聖と呼ばれる最強の剣士なのは知っているし、その姉と互角の強さを誇るレイフェルト姉もいる。

僕もこの二人がいるなら安心だと思い込んで、少し油断していたんだ。

けど、目の前にはその安心を軽々と砕く程の絶望が、怒りの形相で此方を睨んでいる。

「ギゥオオオオオオオオオオオオッッッッ！！！！」

洞窟内に鼓膜が破れそうな程の咆哮が響く。

余りの音に空気までも揺れてるかのようだ。

駄目だ完璧に怒ってるよ。

これは流石に死んだかも……

怒りの咆哮が収まると同時にドラゴンはその大きな口を思い切り開いた。

これは不味すぎる。

十中八九、いやほぼ確実にアレがくる。

ドラゴンを最強の魔物と言わしめてる、全てを灰燼《かいじん》に帰す灼熱のブレスが。

しかも、こんな行き止まりの洞窟で。

終わった。

これは間違いなく、疑いようもなく死ぬ。

僕は諦めてソッと目を瞑った。

「あらら？　どうしたのラゼル、目なんか瞑っちゃって。さては私にキスして欲しいのね？

そうなんでしょ？」

レイフェルト姉の場違いなテンションの声が聞こえてくる。

この人は何でこんな時ですらいつも通りなんだろうか？　もうすぐ死ぬんだよ？

「キスって……そんなわけないでしょ、死ぬ前にせめて祈ってたんだよ」

「そろそろきます！　レイフェルト!!　ラゼルを頼みますよ！」

リファネル姉さんが僕達とドラゴンの間に入る。

何をするつもりなんだろうか、このままじゃブレスを正面から受けることになってしまう。

「リファネル姉さっっ――」

「グオオオオオオオオオオオオオォォッッッッッ!!」

僕が姉さんの名前を叫ぶのと同時に、ドラゴンのブレスが此方に向けて放たれた。

リファネル姉さんは流れる様な動作で腰の剣を抜き、両手で持ち頭上高く構える。

「ラゼルを……恐がらせるんじゃ、ありません！！！！！」

そしてブレスに向けて剣を振り下ろした。

瞬間、凄まじい爆発音が聞こえ、辺り一面土煙に包まれて何も見えなくなった。

「――――あれ、僕生きてる？」

「当たり前でしょ？　私達がいるのに死ぬわけないじゃない」

土煙が収まり目を開けると、僕はレイフェルト姉の腕の中にいた。

ちょうどドラゴンに背を向けて僕を守るようにして抱き締めてくれていた。

奇跡だ、あのブレスを受けて生きてるなんて！

「ありがとうレイフェルト姉、守ってくれて。でもまだドラゴンが……」

そうだブレスをなんとか凌いだとはいっても、まだドラゴンがいる。

またブレスを吐かれたら……

「ちょっと！　いつまでくっついてるんですか？　もう危険はないんですから離れなさい！」

リファネル姉さんがこっちに向かって歩いてくる。

あれ、ドラゴンは？

「あん、もうちょっとだけ〜」

「いいから離れなさい！」

「ねぇ、ドラゴンはどうなったの？」

「あ、そうでした。これがドラゴンの魔石です。デカイ図体の割には魔石は小さいのですね」

リファネル姉さんが魔石を此方に手渡してくる。

「……僕目を瞑ってて見てなかったんだけど、どうやって倒したの……？」

「それがですね、ラゼルを恐がらせた罪を償わせようと、ジワジワと追い詰めてから止めを刺そうと思ってたのですが、お姉ちゃんうっかり力加減を間違えてブレスごと斬っちゃったみたいです」

「そ、そうなんだ……ははは……えーと、お疲れ様？」

僕は姉二人に労いの言葉をかけるのだった。

ブレスって斬れるものなんだろうか？

＊

僕達はシルベスト王国へ戻るべく、うっすらと暗くなり始めた道を走っていた。

走るといったが当然僕は背中に乗せてもらっていた。

申し訳ない気持ちはあるんだけど、僕が自分の足で走ったら遅すぎて、いつまで経ってもシルベスト王国へは辿り着かないだろう。

だから仕方なく背中に乗せてもらうことにしたのだ。

ドラゴンを討伐した後、僕達には二つ選択肢があった。

すぐにシルベスト王国へ戻るか、この洞窟で一夜を過ごし、明るくなってから戻るか。

僕としては今日はここで一旦休んでから、明日の朝に出発したかった。

一日中走りっぱなしで、洞窟についてすぐにドラゴンとの戦いだ。

流石に二人も疲れてると思ったから、少しでも休んで欲しかった。

あれを戦いといっていいかはわからないけど。

そのことを伝えると、

「嫌よ、こんな蜥蜴のいた洞窟で一晩過ごすだなんて！」

「私はラゼルが一緒ならどこでも構いませんが……そうですね、どうせなら暖かいベッドで休みたいですね。私達のことを気遣ってくれるのは有り難いですが、心配無用です。あんなのは戦闘のうちに入りません」

とのことで、結局僕達はすぐに出発することにした。

このままいくと、完全に暗くなる前にはギリギリ着きそうだ。

まさかドラゴン討伐に行って、その日のうちに戻れるとは思わなかった。

リファネル姉さんの背中に揺られながら、ふと考える。

この二人の強さについてだ。

まさかドラゴンを一太刀で倒してしまうとは……初代勇者パーティの物語を読んだ所によると、ドラゴンのブレスは防御不可能の最強の一撃で、飛んできたら避けることに専念するしかないと書いてあった。

初代勇者パーティで、かつて賢者と呼ばれていた伝説の魔術師『ルフル』の絶対防御魔術ですら軽々と砕かれた。

それなのに……ドラゴンをブレスごとぶった斬るなんて、もはや言葉が出ない。

けどもしかしたら、ドラゴンの強さも色々とあるのかもしれない。

強い個体もいれば弱い個体だっているはずだ。

初代勇者パーティの対峙したドラゴンは、もっと強かった可能性だってある。

でも今日見たドラゴンが弱いとはとても思えなかった。

それにこの二人の余裕。

僕なんてこの二日間で死の恐怖を二度も感じたというのに、姉さん達ときたら全然いつも通りなんだもんなぁ。

ドラゴンと戦うのは初めてって言ってたし、少しくらい焦ってもいいだろうに。

まぁ、結論からいうとこの二人の実力は底知れないということだ。

ドラゴンを単独で倒せるんだ、もはやSランク並みの強さは疑いようがない。

そしてそれを相手にしてもなお、まだ本気を出してないいんじゃないかと思えるくらいの余裕。

うん、控え目に評価しても規格外だ。

「あん、ラゼルくすぐったいです」

考え事に集中してたせいか、僕は無意識にリファネル姉さんの首もとに顔を近付け過ぎていた。

「ご、ごめんリファネル姉さん。ちょっと考え事しててボーッとしてたよ」

「もう、無意識のうちにこんなことするなんて、お姉ちゃんのことがよっぽど好きなんですね。ふふふ」

こんなことって……首に息が当たっただけじゃないか。

自分でいうのも少し恥ずかしいけど、本当リファネル姉さんってブラコンだよね。

こんなんじゃいつまで経っても結婚とかできないんじゃないかな。

こんなに美人なのに勿体無いと思うんだ。

その気になれば貴族の人の目にとまっても、おかしくないくらいキレイなのに。

「はいはい、大好きだよお姉ちゃん」

「むむっ、少し言い方が投げやりですね。もう少し真剣に、お姉ちゃん愛を込めて言って下さい。さぁ、もう一度お願いします！」

少しからかおうと思っただけなのに、逆にこっちが追い詰められてしまった。

姉さん恐るべし。

そんな感じでちょくちょく姉さんと話しながら走ってたら、だんだんとシルベスト王国の王都が見えてきた。

「リファネル姉さん、ストップ、ストップ、ちょっと止まって！」

「どうしたんですか？」

僕の声を聞いて止まる姉さん。

レイフェルト姉もこっちが止まったのを見て止まってくれた。

「いや、そろそろシルベスト王国に着くから、背中から下ろしてもらおうかなと思ってね。流石にこの歳にもなって、女の人におんぶしてもらってるってのも格好つかないなって」

「少々名残惜しいですが、仕方ありませんね」

「あんたはラゼルとくっつき過ぎよ。次の依頼の時は私の番よ？」

もしかしてこれから依頼のたびに、おんぶしてもらって移動するのかな……

＊

辺りは随分と暗くなって、すっかり夜になっていた。

今日はもう遅いからギルドには明日向かうことにして、僕達はいつもの宿に向かうことにした。

「三人なんだけど三部屋空いてるかな？」

ここ数日ですっかり顔馴染みになった、猫耳が可愛い宿屋の女の子、シルビーに尋ねる。

「あ、ラゼルさん。いらっしゃいませ。今日は大丈夫です。ちょうど三へや――」

瞬間、レイフェルト姉が目にも止まらぬ速さでシルビーに近付き、手で口を塞いだ。

と思ったら耳元でコショコショと何かを話している。

そっとシルビーの口から手を離すレイフェルト姉。

どうやらコショコショ話は終わったようだ。

「すいません、ラゼルさん。今日も一部屋しか空いてないんですよ」

満面の笑みで答えるシルビー。

あれ？　でもさっき大丈夫って……

「あら～、一部屋しか空いてないなら仕方ないわね。今日は疲れたし、もう三人一緒の部屋でいいじゃない」

「ええそうですね、他の宿屋を探して空いてる保証もないですし」

「えっ、でも……」

「空いてないのですから仕方ないですよ。さ、行きましょうラゼル」

リファネル姉さんに手を引かれ、部屋へと進んでいく。

その後ろでシルビーに何かを手渡すレイフェルト姉を、僕は見逃さなかった。

く、買収されたなシルビー……

＊

「さてと、そろそろ寝ましょうか。さあラゼルこっちに来るのです」

「僕はこっちで寝るから、二人は一つのベッドで一緒に寝てよ」

家族とはいえ、年頃の女と男だ。

一緒のベッドは不味いだろう。

「あら〜それじゃ、約束が違うじゃないラゼル」

「……約束？」

何のことだろうか、一緒に寝る約束なんてした覚えはないけど。

「盗賊に襲われてる馬車を助ける時に言ったじゃない。ラゼル成分を補充させてくれるって」

「はい。確かに聞きました。いくらでもいいからとも言ってましたね」

リファネル姉さんがこくこくと頷く。

あの時は襲われてる人達を助けたくて必死だったからうろ覚えだけど、確かにそんなようなことを言ってた気がする。

あれって一緒に寝るってことだったのか……だとしたらちょっと早計だったかも。

いや、ここは前向きに考えるんだ。

姉さん達と一緒に寝るだけで、悲しい運命になる人達を助けられたと。

「あの時は必死だったからさ、記憶が曖昧なんだ。それに僕成分って何さ？　僕食べられちゃうの？」

「ふふふ、そんな言い訳は通用しないわよ。観念して今日は昔みたいにみんなで寝ましょ」

レイフェルト姉に背中を押され、ボフっとベッドに寝転ぶ。

そしてすぐに二人の姉が左右にきた。

「こうしてると昔を思い出しますね。懐かしいです」

「昔はこれにルシアナもいたっけ、あの子は今頃どうしてるのかしらね？」

姉さん達、ラルク王国にいるであろう妹のことを懐かしむのはいいんだけどさ。

ちょっと顔が近すぎだよ。

二人共、僕の腕をそれぞれガッチリとホールドして、自分の胸に抱え込んでしまっている。

リファネル姉さんに至っては、僕の顔に自分の頬をスリスリと擦り付けてくるし……

端から見たら二人の美女に挟まれて幸せ者だと思われるのかもしれないが、僕にとって二人は家族だからなぁ。

　これが違う女の子だったら幸せなんだろうか。

＊

「ふぁ〜〜おはようラゼル。いい朝ね」

　軽い欠伸をしながら起き上がるレイフェルト姉。

　妙にスッキリとした顔をしている。

　僕はお陰様で全然眠ることができなかった。

　間に挟まれて身動きできず、サンドイッチの具の気持ちがわかったよ。

「おはよう。昨日はよく眠れたみたいでよかったね」

　少しの皮肉を込めて、軽い隈ができた目でレイフェルト姉を見る。

「ええ、だいぶラゼル成分を補充できたわ」

　だからなんなのさ、その謎の成分。

「ところでお願いなんだけどさ……これ、外してほしいんだけど」

　僕の腕を抱え込んだまま、気持ち良さそうに眠るリファネル姉さんに視線を向ける。

　自分で抜け出そうと何回も試してみたんだけど、ピクリとも動かなかった。

　どんな力をしてるんだろ、僕の姉は。

「この子は一度眠ると、中々起きないから。もう少し付き合ってあげなさい」

そう言って、一人で顔を洗いに行ってしまった。

＊

結局リファネル姉さんが起きたのは昼頃だった。

それから宿屋で食事をしてからギルドへと向かう。

ドラゴンの魔石を鑑定してもらうのだ。

「ラゼルさん、おはようございます。これから出発ですか？　くれぐれも気をつけて下さいね。駄目だと思ったらすぐに逃げて下さい。死ななければ何度だってやり直せるんですから」

ギルドに入るといつもの受付のお姉さんが出迎えてくれた。

「いや、もう依頼から帰ってきたから、魔石を鑑定して貰おうと思ってきたんです」

「またまた、ご冗談を。私をからかおうとしたって駄目ですよ。いくらラゼルさん達が強いからって、流石に昨日の今日で帰ってこられるわけないじゃないですか」

うん、普通はそうなるよね。

僕だって未だに信じられない。

魔石を見せたほうが早いと思い、コトッと受付カウンターに魔石を置く。

「…………少々お待ち下さい」

受付のお姉さんは魔石を見て、一瞬固まったあとで、ひきつった顔をしながら魔石を奥に持っていった。

昨日の時点でこの国に着いていたことは言わないでおこう。

＊

飲食スペースで飲み物を飲みながら待っていると、すぐに受付のお姉さんが此方に来て、奥の部屋に案内された。

「別にお前らを疑ってたわけではないんだがな……まさか本当にドラゴンを討伐しちまうとは」

奥ではギルドマスターのセゴルさんが椅子に腰かけていて、机に置かれた魔石を眺めていた。

「私達があんな蜥蜴に負けるわけないじゃない。さぁ、私よりも蜥蜴のほうが強いと言ったことを謝罪しなさい」

レイフェルト姉がここぞとばかりに畳み掛ける。

余程ドラゴンより弱く見られたことが許せなかったのだろう。

「ああ、どうやら今回はワシの目が曇ってたようだ、悪かった」

素直に謝るセゴルさん。

倒したのはリファネル姉さんなんだけどね。

「わかればいいのよ。それと早く魔石を買い取ってちょうだい」

「ほれ、これが今回の魔石の代金だ」

机の上に白いゴブリンの時の数倍はあるだろう、お金の入った袋が並べられた。

「それにプラスして今回は、ドラゴン討伐に関しても国から賞金が出ることになっておる。近々、国王に呼ばれるだろうから、くれぐれも失礼のないようにな」

王国の騎士団もドラゴンにやられたって言ってたもんね。

「ドラゴン討伐のことが周りに知れたら、お前等のパーティに入れてくれって連中もかなり出てくるだろうな。これから忙しくなるぞ」

「もうだいぶお金は手に入ったから暫く依頼なんてやらないわよ。これからはこのお金で家を買って、ラゼルとイチャイチャ暮らすのよ」

「私はラゼルと一緒の部屋でお願いします」

「残念、ラゼルは私と同じ部屋よ」

「僕は一人部屋がいいんだけど……」

きっと僕の意見が通ることはないんだろうなぁ。

「それよりもお前ら、冒険者カードをこっちに寄越せ」

言われた通りにギルドマスターにカードを渡す。

目の前の机にカードが三枚並べられた。

するとセゴルさんはカードの真上に手をかざした。

Dランクと書かれたカードが光に包まれていく。

光が収まった後でカードを見ると、文字がDからAへと変わっていた。

この冒険者カードというのは特殊な素材でできているらしく、各国にいるギルドマスターの魔力にしか反応しないようにできている。

なので偽造は不可能なのだ。

「ありがとうございます、でも……本当によかったんですか？　僕までランクを上げて貰って」

新しくなった冒険者カードを受け取りながら確認をする。

この前はAランクの実力がないとキッパリ言われてしまった。

本当にいいのだろうか？

「約束は約束だからな。ワシは約束は守る男だ！　それに、どうせこれからも三人でパーティとして動くんだろ？　その二人がいれば、お前をAランクにしたとしてもお釣りがくるだろう。ただ、死なないように気をつけろよ」

「そういうことなら遠慮なく受け取っておきます。じゃあ僕達はこれで失礼しますね」

「国王の元に呼ばれる日が決まったら、使いの者を出そう。お前らどこに泊まってるんだ？」

「今は『ネコネコ亭』という宿にお世話になってます」

「おお、あそこか！　了解した。ではまた後程な」

僕達はお金の沢山入った袋をそれぞれ持ち、宿に戻ることにする。

ギルドにいた他の冒険者が、大量のお金を見て何事かと驚いてた。

＊

「さてと、これで目的は達成できたわね。私はこれからいい物件がないかチェックしてくるわ。二人はどうする？」

「私は少し日用品を買いに行きます。ほとんど何も持たずに出てきてしまったので」

「僕はまだ少し眠いから、宿で待ってるよ」

どっちかについていってもよかったのだが、ここの所毎日一緒だったからたまには一人になりたかった。

眠いのも本当だしね。

「まぁ眠いだなんて、昨日は眠れなかったのですか？　なにか悩みがあるのならお姉ちゃんにいつでも言って下さいね？」

二人に挟まれて中々寝れなかっただけなんだよね……

あえて悩みを挙げるなら、二人がスキンシップ過剰なことだよ。

「僕は大丈夫だから、気にしないで行ってきてよ」

二人が出掛けた後、僕は一人でベッドに横になっていた。

ああ、いつ以来だろうか一人で寝るのなんて。

僕はゆっくりと意識を手離していった。

＊

「すいません、ラゼルさん!!　いませんか？　ラゼルさん!!」

激しいノックの音で目が覚める。

この声はシルビーか、なんか急いでるみたいだけどなんだろう？

「やぁ、どうしたのシルビー」

僕は寝起きで半開きの目を擦りながらドアを開けた。

「お休み中の所すいません、けどラゼルさんにお客さんが来てまして。とにかくカウンターまで来て下さい」

まだボーッとして考えが纏まらないままシルビーに手を引かれ、そのお客さんの元へ向かう。

何でお客が来たくらいでこんなに焦ってるんだろ？

カウンターの方に着くと、見覚えのある顔があった。

「ラゼル様、昨日は危ないところを助けていただいて有り難う御座いました。今日はラゼル様のパーティに言伝てを頼もうと、ギルドに出向いたのですが、もうこの国に帰ってきてるとのことだったので、もう一度ちゃんとお礼が言いたくて来てしまいました」

歳は僕と同じくらいだろうか、背中まで伸びた銀色の髪を後ろで一つに束ね、吸い込まれそうなほど綺麗な澄んだ瞳で、僕にお礼を言う女の子が立っていた。

凄い豪華なドレスに、高そうな装身具で全身を着飾ってる。

昨日盗賊に襲われていた所を助けた、少女と執事だった。

そういえばこの国で冒険者やってるってレイフェルト姉が言っちゃってたもんな。

「どういたしまして。でもそんなに気にしないで下さい、お礼なら昨日も聞きましたし。困った時はお互い様です」

「それでは私の気が済まなかったのです。本当に助かりました。私はこの国の第二王女、ラナ・シルベストと申します。これから何か困ったことがあったのなら、何でも仰って下さい」

「って、え!?　王女っ??」

盗賊達が貴族とは言ってたけど、まさか王女様だったとは……それでシルビーもあんなに焦ってたのか。

思わず声が裏返っちゃったよ。

しかも何でも仰って下さいって、逆に言いづらいし。

「まさか王女様だとは思いませんでした。それに貴方を助けたのは僕じゃなくて他の二人です。僕は何もしてません」

何とか気持ちを落ち着かせて答える。

流石に王族の人だったとは思わなかったよ。

僕達、割と普通に接してたような気がするけど大丈夫かな……

「そんなことありませんわ。傷付いた私にポーションをくれたではありませんか。お陰で傷も残りませんでした。今日は他のお二人はいらっしゃらないのですか？」

「はい、二人は今出掛けてまして、僕から伝えておきますよ」

「そうですか、残念です。でも近いうちにまた会うことになるでしょうし、お礼はまたその時にでも。ではそろそろ失礼しますね、ラゼル様」

最後によくわからないことを言い残して帰っていく王女様。

また会うことになるとはどういうことだろうか？

「あと、私のことは気軽に『ラナ』と呼んで下さい。ではごきげんよう」

僕は軽く頭を下げて王女様を見送った。

王女様を気軽に名前呼びとか、普通に牢屋に入れられそうで恐いんだけど。

＊

「ただいま～！　私がいなくて寂しかったでしょ？　はいお姉さん成分よ。ウリウリ～」

「レイフェルト、あまりラゼルにくっつかないで下さい。ラゼルはあなたがいなくても寂しくありません。私がいますからね」

ラナ王女様が帰ってから、受付カウンターでシルビーと世間話をしてると、二人が帰ってきた。

一緒の所をみると、途中で合流して買い物でもしてたんだろう。

何だかんだいって、やっぱり仲がいいからねこの二人は。

「いいから、そんなにくっつかないでってば、レイフェルト姉」

僕に頬擦りするレイフェルト姉を、半ば強引に引き離す。

「……あら？　おかしいわね、ラゼルから別の女の匂いがするわ……」

レイフェルト姉がクンクンと、鼻を僕に近付けて匂いを嗅いでくる。

犬か、この人は……

「あら本当ですね。いったい誰の匂いでしょうか？」

「あっ、ちょっ、くすぐったいって！　や、やめてってば!!」

二人して僕に顔を近付け、クンクン、クンクンと鼻を近付けてくる。

それがだんだんと顔の方に近づいてきて、しまいには首筋まで来た。

首にあたる息がやけに熱く感じる。

僕、首よわいんだって。

横ではシルビーが「はわぁ〜、ラゼルさんモテモテですぅ」とか言って顔を手で隠してるけど、指の間から思いっきりガン見してる。

もうちょっとわからないように見ようね。

「だったら何処で誰と、ナニをしてたか答えなさい！」

「そうです！　お姉ちゃんというものがありながら……シクシク……」

興奮する姉二人を何とか引き離してから、僕はさっきの出来事を説明するのだった。

というより普通に話すつもりだったんだけど、まさか王女様の匂いに気付くとは思わなかったよ……

「へぇこの前の子が、まさかこの国の王女様だったとはねぇ。高そうなドレス着てるとは思ってたけどね」

「ですね。けれど、王族だったのなら一つ腑に落ちない点がありますね」

「なんか気になることでもあるの？」

「はい。何故、護衛が冒険者だったのでしょうか？　それも盗賊に殺られてしまう程度の腕しか持たない。王族ならば間違いなく騎士団が護衛につくと思うのですが」

言われてみると確かにそうだ。

なぜ王女様は冒険者を護衛に雇ったんだろうか？

騎士団が護衛についていれば、あんな事態にはならなかったはずだ。

「それは確かに疑問だけど、私達が考えたってしょうがないことよ。それよりも王女様に、いい物件がないか聞いてみましょうよ！　命を助けたんだからそれくらいはしてもらいましょ」

「ええそうですね。お風呂は大きめのを希望します」

え～、僕がお願いしなかったら、助けないで素通りしようとしてたじゃないか。

「王女様には今度お願いするとして、今日はパーっと美味しいものでも食べに行きましょう！　お金は沢山あるわけだし！」

それに関しては大賛成だ。

白いゴブリンを討伐した日は、結局贅沢できなかったからね。

たまにはお金を気にすることなく、好きなものを好きなだけ食べてみたい。

満場一致で、今日の夕御飯は贅沢することに決まった。

ちなみにシルビーも誘ってみたのだが、宿屋の仕事があるからと断られてしまった。

結構行きたそうな顔してたし、お土産でも買ってこよう。

*

「うぅ～、調子に乗って食べ過ぎた……」

翌朝、お腹の苦しさで目を覚ます。

昨日は結局、随分遅くまで食べて飲んで騒いでしまった。

まぁ飲んで騒いでたのは主に姉二人だが……それに付き合ってたら、ついつい食べ過ぎてしまった。

苦しい……

ベッドから起きようとすると、布団の中でモゾモゾと動く感触が……

布団を捲ると、当然のようにレイフェルト姉とリファネル姉さんが一緒に寝ていた。

お金あるならまず、部屋を別々にして欲しいんだけど……

この前そのことをシルビーに聞いてみたら、

「今使ってる部屋の代金を、レイフェルトさんに一月分いただいてます。その部屋以外はちょうど一月先まで予約でいっぱいなんですよぉ」

とかニコニコと笑顔で言われちゃって。

流石に一月先まで、あの部屋以外が予約で埋まるなんてないと思うんだ……

シルビーがレイフェルト姉に買収されたことが確定したのだった。

寝てる二人の顔を見てみると、昨日あんだけお酒を浴びるように呑んだとは思えないほど、綺麗な寝顔でグッスリと寝ていた。

ツンツンと頬っぺたをつついてみる。

女の人の頬ってこんなに柔らかいんだ……ツンツン、ツンツン、ツンツン。

ムニャムニャしながらとても気持ち良さそうだ。

この寝顔だけ見たら誰も、この二人がドラゴンを倒す程の強さを持つ剣士には見えないだろうなぁ……

「ラゼル、いつまで触ってるのかしら？」

つい夢中になって頬っぺたをツンツンしてたらレイフェルト姉が目を覚ましてしまった。

リファネル姉さんはまだ熟睡中だ、よかった。

二人だと単純に二倍からかわれるからね。

まぁ、リファネル姉さんのあれはからかってるというよりも素なんだろうけどさ。

「そんなにお姉さんの頬っぺは気持ちよかったかしら？　なんならもっと柔らかい所も触っていいのよ？」

僕を下から見上げるようにして、トロンとした目で見つめている。

上に羽織っている寝間着がはだけて、その凶悪なまでの胸がこぼれ落ちそうになっている。

これは不味い。

いくら姉のようだと思ってはいても、意識してしまう。

「もう、まだ酔っ払ってるの？　僕は先に顔洗ってくるから、早く酔い醒ましてね」

何とか平静を装いベッドからの脱出に成功した。

く、不覚にもドキッとしてしまった。

あ～、早く一人部屋が欲しい!!

＊

それから二人に気付かれないようにそっと宿を出た僕は、一人でギルドに向かった。

宿でのんびりすごしてもよかったんだけど、ラルク王国にいた頃は毎日のように剣を振って修行していたせいか、何か身体を動かしてないと落ち着かない。

けどレイフェルト姉達と一緒だと僕が戦う前に終わる可能性が高いので、一人でも倒せそうな魔物の討伐でも受けようと思ったのだ。

そうそう白いゴブリンみたいな、Aランクの魔物となんて遭遇しないだろうしね。

＊
「あ、ギルドマスター！　ラゼルさんが来ましたよ！」

ギルドの扉を開けて早々に、受付のお姉さんが僕に気付き少し慌てた様子でセゴルさんを呼ぶ。

「おお！　丁度よかった、今お前らの居る宿に使いを出そうと思ってたんだ」

「国王様に会う日が決まったんですか？」

その時にドラゴン討伐のお金もくれるって言ってたっけ。

「それはそうなんだが、ちょっとすごいことになってな。近々勇者パーティがこの国に来るって噂は知ってるだろ？」

もちろんだ。

この前僕が聞いた時は知らない人も結構いたが、今じゃ国中の噂になっている。

なんでも、魔族の幹部の一人を討伐したらしく、勇者の故郷であるレイモンド王国に一度凱旋するようだ。

その帰り道にこのシルベスト王国にも寄るらしい。

「はい、それは知ってますが、それと何か関係が？」

「それに伴って、国王主催のパーティーが開かれるんだが、それにお前らのパーティが招待されたんだよ！　出席者はほとんどが王族や貴族だ。冒険者が呼ばれるなんて異例のことだろうよ」

てことは勇者パーティを間近に見れるってことじゃないか！

もしかしたら喋ったりもできるかもしれない。

どうしよう、すごい嬉しい。

「それは今回ドラゴンを討伐したからでしょうか？」

「それが大きいのは確かだがな。一番の理由は王女様が参加を強く望まれたそうだ。お前ら王女様を盗賊から助けたらしいじゃねーか。それでどうせならドラゴン討伐の賞金の授与も、その場でやるってことになったらしい。王女様がここにきた時は驚いたぞ！」

だから近いうちにまた会うことになるって言ってたのか。

「ほれ、これが招待状だ。嬢ちゃん達にも渡しといてくれ。くれぐれも失礼のないようにな。まぁお前は大丈夫そうだが……残りの二人は不安だな」

「よく言い聞かせておきます」

豪華な封蝋の施された招待状を三枚受け取り、僕はルンルン気分でギルドを出た。

あれ？　僕、依頼を受けにきたのに何で出て来ちゃったんだろ……

でも今更戻るのもなんか恥ずかしいしなぁ。

それに今はそれどころじゃない、リファネル姉さん達にも早く知らせてあげよう！

＊

「ただいま！　聞いてよレイフェルト姉、リファネル姉さん」

　僕は興奮冷めやらぬままのテンションで、勢いよくドアを開けた。

「あら、私達を置いて何処に行ってたのかしら？」

「ラゼル、出掛ける時はお姉ちゃんに一声かけて下さい。もう少しで探しに行くところでしたよ！　まったくもう」

　部屋に戻ると、少しだけ冷たい目を向けてくるレイフェルト姉と、頬っぺたを風船のようにプクッと膨らませたリファネル姉さんがベッドに腰かけていた。

　出掛けたって言っても、ギルドに行って結局すぐに戻ってきたから、そんなに時間は経ってない筈なんだけど……

　それにリファネル姉さんは寝てたし。

　どんだけ心配性なんだこの二人は。

「ごめんね、ちょっとギルドに忘れ物しちゃって、取りに行ってたんだ」

　こういう時は誤魔化すに限る。

「そうなの、私はてっきり一人でもできそうな、簡単な依頼でも受けに行ったのかと思ったわ……」

く、鋭い……それにこのレイフェルト姉の目。

多分バレてる……

「そ、そんなわけないじゃないか。ほら、可愛い弟を疑わないでよ」

「もう、こんな時だけ！　で？　何か私達に聞いて欲しいんじゃなかったの？」

二人にシルベスト王国のパーティーに招待されたことを伝える。

もちろん勇者パーティが来ることも。

「よかったじゃないラゼル！　貴方、勇者パーティが大好きだものね」

「そうなんだよ、すごい楽しみなんだ！」

「フン、何が勇者ですか！　確かに初代勇者パーティは、魔王を討伐して世界に平和をもたらしたかもしれません。ですが今回の勇者は、何年もかけてようやく幹部を一人倒したらしいではありませんか。私ならそれだけの時があれば、とっくに魔王を討伐してます!!」

相変わらずリファネル姉さんは、勇者パーティに対して対抗心が凄い！

でも姉さんの場合、冗談じゃなく本当に討伐してしまいそうだから恐い。

「はいはい、貴女はいったん落ち着きましょうね」

まぁまぁとリファネル姉さんを宥めるレイフェルト姉。

「それで二人にお願いなんだけど、国王様の前では礼儀正しくしててよ？」

「心配しないでも大丈夫よ。流石に国王に失礼な口は聞かないわよ」

「私もよっぽどのことがない限りは善処します」

僕はその「よっぽどのこと」がないことを心から願ってるよ……

＊

「見てラゼル！　似合ってる？」

カーテンがシャっと開いて、試着室からドレス姿で現れたレイフェルト姉。

招待状を開けてみたところ、パーティーが開かれるのは明後日とのことだったので、急いで僕達三人はパーティーに着ていく服を買いにきたのだった。

いくら何でも、いつもの冒険者の格好で出席するわけにはいかないからね。

「ちょっと、聞いてるの？」

「聞いてるってば、凄い似合ってるよ！　何処かの国のお姫様みたいだよ！」

お世辞とかではなく、本当に似合ってる。

ドレス自体にはあまり豪華な装飾は施されていないが、逆にそれがレイフェルト姉の抜群のスタイルを強調している。

シンプルで目立たない黒のドレスだけど、着てるレイフェルト姉が目立つくらいの美女だから、いい感じでバランスがとれてる。

「まぁ、お姫様だなんて。ラゼルも口が上手くなったわね！　ふふふ」

いつも通りに見えるけど、顔が少し赤い。

柄にもなく照れてるんだろうか。

「レイフェルトだけではなく私も見て下さい。さぁ！」

反対側のカーテンが開き、次はリファネル姉さんが出てきた。

リファネル姉さんのドレスは赤色で、レイフェルト姉のと比べると少しだけ派手だが、貴族や王族のパーティーだしこれくらいじゃ目立つこともないだろう。

それにしても……

「姉さん、ちょっと胸を強調しすぎじゃない？」

「お姉ちゃん少し冒険してみました。ラゼルはこういうの嫌いですか？」

少しシュンとしながら、こちらの顔色を窺うように聞いてくる。

「いや、凄い綺麗で似合ってるんだけどさ……」

「ならいいではありませんか！　これで決まりです！」

僕的にはあまり露出の多い格好をすると、周囲の男達からやらしい目で見られるんじゃないかと心配なんだけど。

只でさえ綺麗な二人がドレスなんかで着飾ったら、そこら辺の貴族の女性なんかじゃ霞んでしまう。

それくらいは美人だと思う。

弟の僕から見てこれなんだから、他人が見たらもっと凄いんじゃないかな？　いや、逆に僕が身内贔屓で見てしまってるのかもしれないけど。

でも出席者のほとんどが、貴族や王族って言ってたし大丈夫か。

冒険者と違って絡んできたりは、流石にないと思いたい。

パーティー用の服を手に入れた僕達は少しシルベスト王国を観光することにした。

ちなみに僕は、姉さん達の着せ替え人形になることが容易に想像できたので、二人が着替えてる隙に無難なのを選んで買っておいた。

二人はブーブーと文句を言っていたが、聞こえないフリをしてなんとか切り抜けた。

＊

「ところで勇者パーティは明日この国に着くらしいけどさ、何でそんなことがわかるの？」

ずっと疑問だった。

何か連絡手段でもあるのだろうか？

「使い魔でも飛んできたんじゃないかしら？　勇者パーティには魔術師もいるでしょうし」

「成る程ね、その手があったか。僕も使い魔欲しいなぁ！」

使い魔は、魔術師が己の魔力を捧げることによって召喚することができる。

連絡手段に使う者もいれば、一緒に魔物と戦う者もいる。

魔力量によって召喚できる使い魔の種類は変わってくるが、概ね犬や狼、鳥類といった、獣の姿をしてることが多い。

「ラゼルにはお姉ちゃんがいるではありませんか！　望むなら私を使い魔みたいに使ってくれても構いませんよ！」

姉を使い魔扱いする弟……駄目だ、頭が痛くなってきた。

「……気持ちだけ受け取っておくよ。姉さん達は明日のパレードはどうするの？」

パーティーが開かれるのは明後日だが、それだけだと一般の人が勇者達に会うことができない。

だから明日は少しの間だが、勇者パーティが王国の入り口から国王の城へと辿り着くまでの間パレードを行い、一般市民はそれを見るために集まるのだ。

人が凄い集まることが予想されてる。

だからか、今から屋台を準備したりしてる店が多く見受けられる。

国全体が、今日から盛り上がってる感じだ。

「フン、あんなのを見て何が楽しいんですか」

「私はラゼルについてくわよ！　じゃあリファネル、貴女は宿でお留守番してなさい」

「誰も行かないとは言ってないじゃないですか！　ラゼルが行くのならもちろん私も行きますよ！」

「ふふふ、勇者パーティに嫉妬しちゃって。貴女も可愛い所あるのね」

「ほう、どうやら斬られたいようですね……」

二人が腰の剣に手をかける。

「ちょ、こんな所でやめてってば」

まったく……この二人は仲がいいんだか悪いんだか……

第三章

次の日の朝、僕達三人はシルベスト王国の出入口にいた。

初めてこの国にきたときは人の多さに驚いたものだけど、今日の人の多さに比べると初日が可愛く感じる。

みんなそわそわして、今か今かと勇者パーティが来るのを待っている。

「勇者様を乗せた馬車が来たぞ!!」

一人の男の声が聞こえて、それを皮切りに国全体が大歓声に包まれる。

「やっぱり凄い人気だね」

「あん、そんな耳元で囁かれるとくすぐったいわ」

普通に喋っても周囲の歓声にかき消されてしまうため、レイフェルト姉の耳元に話し掛けたのだが。

「ごめん、でもこうしないと声が聞こえないと思って」

「ふふふ、冗談よ。それよりも此方のほうに来るわよ」

こっちに馬車が進んできてるのはわかるんだけど、人が多過ぎてまったく見えない……

「仕方ありませんね。さぁラゼル、お姉ちゃんの背中に乗っていいですよ」

背伸びしたり、ピョンピョンと跳ねてる僕をみかねたのか、リファネル姉さんが背中をこちらに向けてくる。

「いいの？　ありがとう」

いつもなら恥ずかしいからと断るのだが、今日は勇者パーティを見るためだ、そんなプライドは速攻で捨て去った。

リファネル姉さんの背中に乗ると、何とか勇者パーティの姿が見えた。

まずは当然、勇者に目がいった。

年の頃は二十代後半くらいだろうか、全身に高くて重そうな鎧を装備して、背中には自分の背と同じくらいの大きさの大剣を背負っている。

あれが初代勇者も使っていたという伝説の聖剣か。

普通の人があんな重装備をしていたら重くて動けないだろう。

けど勇者はそんな気配を一切見せずに、馬車の後ろで立ち上がり国民に笑顔で手を振っていた。

この人が現代の勇者『ヘリオス』だ。

顔はよく見えないけど一目で勇者とわかったのは、あのデカい聖剣のおかげもあるが、それ以外のパーティメンバーが全員女性というのも大きかった。

様々な魔術を操り、初代勇者パーティでも活躍したといわれてるエルフの女王『ファルメイア』。

いくら長寿のエルフといっても、また魔王討伐の旅に出るなんて本人も予想してなかっただろうね。

勇者パーティに選ばれるのはとても栄誉あることだけど、流石に少し可哀想に思う。

それにしてもエルフって凄いな、何百年も生きてる筈なのに見た目は、十代の女の子にしかみえない。

幼ささえ感じるくらいだ。

その横では、あらゆる傷や病を一瞬にして治すという、レイモンド王国の聖女様『ヒリエル』がニコニコと手を振っている。

若干動きがぎこちなく見えるのは気のせいだろう。

そしてこのシルベスト王国出身で、剣と魔術の才能を認められて勇者パーティにスカウトされたという天才魔剣士『ハナ』だ。

この四人が、魔王を討伐するために動いている勇者パーティ一行だ。

何でここまで詳しいかというと、国中に勇者パーティメンバーの情報が書かれたビラが配られていたからだ。

全員が全員、只者じゃないオーラを出してるのを感じる。

明日のパーティーでは、思いきって声をかけてみようかな。

握手くらいしてもらえるかもしれない。

どうしよう、明日が楽しみ過ぎる。

今日寝れるかかな。

「あ〜あ、行っちゃったわね。じゃ私達も戻りましょうか」

馬車の移動速度は意外と速く、すぐに見えなくなってしまった。

「そうだね、その前に屋台でなにか食べてく？」

「賛成です。さぁ行きましょうか」

「その前に僕を背中から下ろしてよ……」

「駄目です！　勇者パーティばかり見て、お姉ちゃんを悲しませた罰です。今日は下りられないと思って下さい」

姉さんの嫉妬が変な方向に向かってる気がする……

＊

「それにしても、意外と大したこと無さそうね。勇者パーティっていうのも」

「え？　どういうこと？」

屋台で買った食べ物を併設されてるテーブルで食べながら、レイフェルト姉が思い出したかのように言った。

大したことないとはどういう意味だろうか？

「そうですね。もう少しできる者の集まりかと思ってたのですが。あの感じだと、期待外れもいいとこですね」

この二人は何を言ってるんだろうか？

「それって姉さん達のほうが強いってこと？」

「当たり前です。纏めてかかってきても問題ないです」

「でも初代勇者パーティから居たっていう、あのエルフだけは別格だったわね。あれがいたら全員相手にするのは流石に厳しいんじゃないかしら？」

「フン、あんな年増エルフが居たところで結果は変わりません。確かにあの中では飛び抜けてましたがね」

どうやら僕の姉さん達は、一対一の勝負ならば勇者にも負けないようだ……

＊

待ちに待った今日がきた。

そうパーティー開催日当日だ。

昼頃に迎えの馬車がくると書いてあったので、早めに出て宿の外で待ってると、普段貴族や王族が乗る豪華な馬車がきた。

冒険者が乗る馬車とは大違いだ。

まさかこの距離を移動するのに、馬車に乗るときがくるとは。

なんて贅沢なんだ。

僕も一応は国王の息子ではあったけど、ラルク王国じゃそんな肩書きに意味なんてなかったからね。

国王の住む城に着くと、大きな広間に案内された。

見たこともない、高そうな食べ物がテーブルにズラーっと並んでいる。

すでに何人か貴族の人達がきているが、勇者パーティはまだいないようだった。

「ね？　剣は置いてきてよかったでしょ？」

姉さん達は当たり前のように剣を腰に差してパーティーに参加しようとしていて、僕が慌てて止めた。

綺麗なドレスに、腰の剣がアンバランスでおかしかった。

「確かに場違いかもしれませんが、何が起こるかわからないので持ってきたかったです」

国王主催のパーティーで危険なんてないだろうに、心配性だなぁ。

「ま、いいじゃない。いざとなったら剣が無くても戦えないことはないでしょ」

「ですが、やはり戦闘力は落ちると言わざるをえません」

「二人とも心配しすぎだよ。こんな場で滅多なことなんて起こらないよ。勇者パーティもいるんだし」

そうだ、もし何かあったとしてもこの会場には勇者がいるのだ。

何も心配することなんてないだろう。

「その勇者パーティが何か仕掛けてくるかもしれないじゃないですか」

「ははっ、そんなことないって。リファネル姉さんは本当に勇者パーティが嫌いだね」

「当たり前です。私のラゼルの心を奪った、憎むべき怨敵です」

何度も言ってるけど、僕は姉さんのじゃないから……

その時、広間の扉が開いて、周りの貴族達の視線がそちらに集まった。

ラナ王女と勇者パーティの面々が広間へと入ってきた。

昨日見たときとは違って、女性は豪華なドレスに身を包んで、勇者も黒いスーツに着替えて登場した。

武器も装備してないようだ。

そりゃそうだよね、あの重装備のまま来るわけないか。

貴族達が我先にと、勇者パーティに近付いていく。

その人だかりをかき分けて、ラナ王女が此方に向かって歩いてきた。

「お久しぶりです、ラナ王女様。今日はこんな素晴らしいパーティに呼んでいただき、ありがとうございます」

僕が代表して挨拶する。

久しぶりっていっても、この前会ったばかりか。

「もうラゼル様ったら、そんなに畏まらないで下さい。私のことは気軽にラナと呼んで下さい。敬語もいりませんわ」

いくら本人がいいと言っても、周りの目を考えるとそういうわけにはいかないんだよなぁ。

「それにリファネル様とレイフェルト様。この前は危ない所を助けていただきありがとうございました。先日伺ったときは、お二人がいらっしゃらなかったので、今この場で改めてお礼をさせていただきます。本当にありがとうございました」

深々と頭を下げてお礼を言う、ラナ王女。

僕は二人の姉を横目でチラッと見る。

大丈夫だろうか、王女様にタメ口とかきかないか心配だ。

「頭を上げて下さい、王女様。困ってる人が居たら助けるのは当然のことです。今回はそれがたまたま王女様だっただけです。見たところ大きな怪我もないようでよかったです」

よかった、レイフェルト姉もちゃんと敬語使えたんだ。

でもなんか変な感じだな。

ラルク王国は実力さえあればだいたいのことは許されていたから、レイフェルト姉が敬語を使うなんて中々に珍しい。

リファネル姉さんは横で黙ったままだけど。

「まぁ何と素晴らしいお考えでしょうか。それでいてドラゴンを討伐するほどの実力も兼ね備えているとは。良かったらこれからも仲良くして下さい。一応、第二王女なんて肩書きはありますが、そんなのは気にしないで気安く話しかけて下さい。敬語も結構なので」

「あら、じゃあお言葉に甘えさせてもらうわ。宜しくねラナ」

速攻で敬語をやめたよ、この人。

でも王女様がいいって言ったんだからいいのか……僕が難しく考えすぎなのかな？

握手を交わす王女様とレイフェルト姉。

「リファネル様も、これからも仲良くして下さると嬉しいです」

レイフェルト姉の後でリファネル姉さんにも握手を求めて手を差し出す。

「ええ、此方こそお願いしますよ、ラナ」

リファネル姉さんも王女を呼び捨てだ。

姉さんは普段から敬語みたいな喋り方だから、そんなに失礼には聞こえない。

「直にお父様からの挨拶が始まると思いますので、それまで少々お待ち下さいね」

「冒険者なんかにペコペコと媚売っちゃって、なに企んでるのよラナ」

ラナ王女が貴族達の所へ戻ろうとした時、女性の声が聞こえてきた。

声の方を振り返ると、この国出身で勇者パーティの一人でもある、天才魔剣士ハナさんが腕を組んでラナ王女を見ていた。

「人聞きの悪いことを言わないで下さい、何も企んでなどいませんよ。お姉様」

「は、どうだか。どうでもいいけど、私が魔王を討伐して戻るまでこの国をちゃんと支えてなさいよ」

お姉様？　僕の聞き間違えじゃなければ、今ハナさんのことを『お姉様』と、そう呼んでいた。

確かに、よく見ると髪の毛も同じ銀色だ。

顔も似てるような気がしてきた。

お姉さんのほうが若干……いや、だいぶ気が強そうな顔をしてるが。

「お姉様にそんなことを言われずとも、私は私で自分のすべきことをするだけです。いつまでもこの国にお姉様の席があると思わないで下さい」

僕達と話す時と違って、姉であるハナさんにはやけに刺々しい態度をとるラナ王女。

だが、手が僅かに震えている。

「生意気言わないでちょうだい。貴女は所詮、私が戻るまでの代わりに過ぎないのだから。そうね、私が戻ったらあんたなんて用なしで要らなくなるんだから、そこにいる冒険者の仲間にでも入れてもらうといいわ。でもあんたみたいな何の才能も取り柄もない奴なんて、精々魔物の囮くらいしか使い道ないでしょうね、アハハッ！」

何なんだこの人は、これが妹にとる態度なのか？

この二人の間に何があったのかはわからないし、これから先も知ることはないかもしれない。

でもこれはいくら何でも酷すぎじゃないか？

才能がない？　取り柄がない？　それの何がいけないっていうんだ。

そんなことは、言われるまでもなく、本人が絶対にわかってることなんだ。

才能がないからと国を追放された自分と重なって見えてしまって、急にラナ王女が他人に思えなくなってきた。

「姉妹なんですよね？　どうしてそこまで酷いことが言えるんですか？」

気がついたら自然と、ラナ王女の前に立ちハナさんに問いかけていた。

涙目になりながら、手を震わせるラナ王女を見て、どうしても放っておけなかった。

僕が口を出した所で何もならないのはわかってるが、どうにもムシャクシャしてしょうがなかったのだ。

一言どうしても言ってやりたくなった。

「どうしてですって？　そんなこと、貴方には関係ないことよ。冒険者風情が気安く話しかけないでくれる？」

「それはすいませんでした。でもこれだけは言わせてもらいます。僕は勇者パーティに憧れていたんです。尊敬もしていました。でも、勇者パーティの一人である貴女がこんな人だとは思わなかった。冒険者風情といいましたよね？　自分の妹をあんな風に罵れる貴女は、冒険者にも劣る、最低の人間だと思います」

言いたいことを言った後で、冷静になって気付いたけど、もしかして、いや、もしかしなくても言い過ぎた。

つい頭に血が上ってしまった。

レイフェルト姉とリファネル姉さんも呆気にとられた顔をしてるし……

「……随分舐めた口を利いてくれるじゃない。もう二度と冒険者なんかできなくしてあげるわ」

目をヒクヒクさせながら、こちらに右手を向けてくる。

「ラゼルッ!!」

リファネル姉さんが僕を抱えて後ろに下がった。

僕がいた場所を見ると、氷の柱ができていた。

あ、危なかった。

リファネル姉さんがいなかったら今頃、氷付けになっていたところだ。

それにしても、一瞬であれだけの氷の魔術を放つとは……天才の名は伊達じゃないな。

「ありがとう、リファネル姉さん。助かったよ」

「いえ、あの程度の魔術はなんの問題もありません。それにしても、さっきの啖呵は格好よかったですよ。お姉ちゃんもスッキリしました」

「うんうん！　格好よかったわよラゼル！　お姉さんキュンキュンしちゃったわ」

「レイフェルト姉……」

「だ、大丈夫ですか、ラゼル様！」

氷の柱の方からラナ王女が、心配そうに駆け寄ってくる。

「僕は平気だよ、リファネル姉さんのお陰でね」

「よかったです。それにしても……お姉様！　いくらなんでもやりすぎです！　人に向けて魔術を放つなど、下手をしたら大怪我をしてたかもしれません」

周囲がザワザワしだした。

この騒ぎで、貴族達の視線が此方の方へと集まってる。

「そんなの知らないわ。生意気な口を聞いたそこの冒険者がいけないのよ。あと、そこのツリ目女！　私の魔術が、あの程度とか言ってたわね？　このままで済むと思わないことね」

「あら、私は事実を言ったまでですよ？　『あの程度』では何発きても問題ありませんね。それにあなたこそ、このままで済むとは思わないように。私の大事なラゼルを氷付けにしようとした報い、きっちりと償ってもらいます」

「フン、まぁいいわ。覚えておきなさい！」

ハナさんは勇者のいる方へと去っていった。

どうすんだろ、この氷の柱………

*

「すいません皆さん、お姉様がご迷惑をおかけして」

「僕の方こそ、関係ないのにでしゃばってすいませんでした」

ついカッとなってハナさんに失礼なことを言ってしまった。

二人の関係を知りもしない、この前会ったばかりの冒険者が余計な口を出す場面じゃなかったと思う。

「いいえ、そんなことありませんわ」

ラナ王女が、僕の右手を両手で大事そうに優しく握りしめ、ジッと此方を見つめてくる。

本当に綺麗な瞳をしている。

ずっと見てると、吸い込まれそうだ。

「ラゼル様が私を庇ってくれた時、私は本当に嬉しかったんです。気丈に振る舞っていたつもりでも、手の震えが止まりませんでした。お姉様に言い返す言葉もなく、あの場から逃げ出してしまいたかった。そんな時、ラゼル様が私の前に出てくれたんです。そして自分のことのように怒ってくれました。あの時、私がどれ程救われたか。だからラゼル様が謝ったりしないで下さい」

握ってる手はまだ少し震えているけど、声や表情は元に戻っている。

よかった、それだけでもでしゃばった甲斐があった。

「そう思っていただけたならよかったです」

そこで一旦会話が途切れたが、手はまだ握られたままだ。

なんだろう、急に緊張してきた。

いつも姉さん達にベタベタと引っ付かれて、女性には慣れてるつもりだったけど、よく考えたら家族以外の異性にこんな風に手を握られるなんて初めてかもしれない。

いつまで握ってるんだろうか……

「そろそろ行った方がいいんじゃない、ラナ？　貴族達がこっち見てるわよ」

手を離すタイミングを失って、どうしたもんかと悩んでいたらレイフェルト姉が助け船を出してくれた。

「あ、そうですね。では私はこれで失礼します。後でまた話し掛けてもいいですか？」

「僕達なんかで良ければ、いつでも気軽に話し掛けて下さい。この会場にはラナ王女様以外知り合いもいませんし」

忘れてたかのようにパッと手を離すと、顔を赤くして貴族達の方へと歩いていった。

「ラゼル、浮気は駄目よ」

「ええ、駄目です」

ラナ王女の歩く背中を見送っていると、二人が変なことを言ってきた。

浮気も何も、僕達は家族だからね……

＊

それから少しして、シルベスト王国の国王が皆の前に姿を現した。

横にはラナ王女が立っている。

会場にいる人達に向けて、挨拶の言葉を述べる。

勇者パーティが魔族の幹部を討伐したことを主に、僕達がドラゴンを討伐したこともちょろっと言っていた。

この国の王様を見るのは初めてだけど、随分と優しそうな人だった。

普通の格好をして国を歩いていたら、誰も国王だとは思わないんじゃないか、それくらい、いい意味で普通の人だった。

王様や貴族特有の、威圧感がない。

ラルク王国の国王とは大違いだ。

「では、堅苦しい挨拶はこれにて終わりにして、今日は思う存分楽しんでいってくれ。勇者パーティの今後の更なる活躍を願って、乾杯‼」

王様の挨拶が終わると同時に、ほとんどの人達が勇者パーティの方へと行ってしまった。

どうにかして勇者と繋がりを持ちたいのか、自分の娘を必死にアピールしてる親までいる。

僕も勇者の所へ行きたいんだけど、ハナさんとあんなことになってしまった手前、行きづらい……

人だかりがもう少し引いたら行ってみようかな。

それまでは、この豪華な食事を楽しむことにしよう。

「はいラゼル！　あ～ん」

「やめてよこんな所で、恥ずかしいってば」

「もう照れちゃって、美味しいから食べてみなさい」

そう言って、半ば強引に口のなかに食べ物を入れてくるレイフェルト姉。

「うわ、何これ。凄い美味しいんだけど、こんなの食べたことないよ」

「でしょ？　はい、次はお返しに私に食べさせてちょうだい」

お返しって……強引に口に突っ込んだだけじゃないか……

「もう、焦らさないで、早く〜」

妙に色っぽい声を出して、口を少し開けたまま、僕の前で待機してる。

さっき何か食べたのだろう、唇が油でテカっててやけにヤらしく見える。

このまま放っておくのも可哀想か……

僕は仕方なく食べ物をレイフェルト姉の口元へと運ぶ。

パクンッ！

あ……

「フフ、ラゼルにあ〜んしてもらっちゃいました」

僕がレイフェルト姉に差し出した食べ物は、横からきたリファネル姉さんがパクンと食べてしまった。

「ちょっと、今のはラゼルが私のために用意してくれたのに！　なにしてくれてんのよ」

「貴女こそ、私がいない隙にラゼルとイチャイチャしないで下さい」

「ちょっといいかな？　君達だよね、ドラゴンを討伐したパーティっていうのは？」

姉二人がガミガミいい合ってると、貴族達の熱烈なアプローチから抜け出してきた、勇者へリオスさんが話し掛けてきた。

まさか向こうから話し掛けてくれるとは……なんてラッキーなんだ。

どうしよう、こんな間近で勇者を見れる日がくるなんて、嬉しすぎてヤバい。

ヘリオスさんを見ると、かなり整った綺麗な顔をしていて、魔王を倒す険しい旅をしてる風にはとても見えなかった。

俗に言うイケメンというやつだ。

これで強さも兼ね備えてるんだから、神様は不公平だなと思う。

僕が返事をしていいものかとレイフェルト姉達のほうを見ると、ニコッと笑い返してくれた。

僕が勇者パーティが好きってわかってるからか、喋る機会を譲ってくれた。

リファネル姉さんは横で、少しムスッとした表情をしてるけど……

「ひゃっ、はい！　僕達のパーティが討伐しました」

緊張して、少し噛んでしまった。

恥ずかしい……

「ああ、君じゃないよ。僕が話しかけたのは、そちらの美しい女性二人にだよ」

一瞬、何を言ってるかわからなかったが、どうやら勇者が話したいのは僕ではなく、姉さん達のようだった。

「勘違いさせて悪かったね。さっきのハナとのいざこざを見ていてね。そちらのツリ目の女性の、君を助ける時の動きは尋常じゃなく速かった、この僕が見失いそうになるほどにね。そして隣の金髪の女性だけど、立ち居振舞いが強者のそれだ。実力がある者が見れば一目でわかる程の強さを感じる。けれど、君には何も感じない、僕が求めてるのは強き者なんだ。君はこのパーティで荷物持ちでもやっていたんだろう？」

ヘリオスさんの目を見て、嫌なことを思いだしてしまった。

僕を見るその目が、ラルク王国の国王にそっくりだったから。

僕には何の興味もない目。

いや、きっとその目には僕なんて映ってすらいないんだろう。

荷物持ちどころか、逆に背負ってもらってたなんて言ったら、どんな顔をするだろうか。

「君達、よかったら僕のパーティに入らないか？」

続けて話し続けるヘリオスさん。

今度は僕が勘違いしないように、明確に姉二人の方を向いて話す。

勇者パーティに勧誘されるなんて流石だ。

これで魔王討伐を果たしたなら、歴史にもその名が残るだろう。

それぐらい栄誉なことだ。

「ラゼル、今日の夕飯はどうしましょうか？　そろそろお姉ちゃんの手料理が恋しいのではないですか？」

「あんたの手料理なんて食べたら、ラゼルが寝込んでしまうわ。やめてちょうだい」

勇者パーティに誘われて、何て返事をするんだろうと思ってたら、何の関係もない夕飯の話をいきなり始めた。

まるで勇者なんて、この場にいないかのように。

確かにリファネル姉さんの手料理はヤバいけど……勇者を無視したままでいいのだろうか。

「ちょっと、貴女達！　ヘリオスが話しかけてるのに、何シカト決め込んでるのよ！」

いつの間にかヘリオスさんの横には、ハナさんが立っていて、凄い剣幕で此方を睨み付けている。

貴族達の方を見ると、まだ人だかりは解消されてない。

きっと残りの二人に押し付けて、抜けてきたんだろう。

「人の手料理を何だと思ってるんですか。もう決めました。今の一言で決めました。今日の夕飯は絶対に私の手料理です」

「なら私は、ラゼルのために意地でもそれを阻止するわ」

頑張れ！　レイフェルト姉！

じゃなくて、ハナさんまで無視しちゃってるけど大丈夫かな。

顔を真っ赤にして、かなり怒ってるのが伝わってくる。

ヘリオスさんに至っては、さっきから固まったままだ。

まさか無視されるとは思わなかったんだろうね……。

「そうと決まれば買い出しに行かなければいけませんね。こんな下らないパーティーなんて終わりにして、帰りましょう」

「あっ、ちょっと……」

僕の手を掴み、勇者達に背を向けて出口へと向かうリファネル姉さん。

後ろからレイフェルト姉も、仕方ないわね、と言いながらついてくる。

「……舐めてんじゃゃないわよ！！！！」

遂に怒りを抑えきれなくなったのか、ハナさんが右手を宙にかざし、こちらに向けて振る。

その瞬間、宙に氷の塊が出現したかと思うと、それがすごい速さでこちらに飛んできた。

不味い、今二人は剣を持っていない。

避けるしかないが、まだ二人は前を向いたままだ。

「やはり、少し痛い目に合わせないとわからないようですね……」

リファネル姉さんが僕の手を掴んだまま振り返り、反対の手で手刀を作った。

その手刀を氷に向けて、ゆっくりと振った。

なぜだろう？　ゆっくりの筈なのに、酷くブレて見えるのは。

気づくと、人間くらいの大きさはあった氷の塊が粉々になって、グラスに入る大きさに変わっていた。

落ちた氷を一欠片拾い上げると、まるで剣で斬ったかのように綺麗な断面をしていた。

斬ったのか？

でもリファネル姉さんは剣を持ってないのに、どうやって？

「なっ、私の氷が……貴女、今何したのよ？」

「あらら？　勇者パーティーの天才魔剣士さんともあろうお方が、わからなかったんですか？　わかりやすいようにゆっくりと斬ったつもりだったんですが……困りましたね、あれ以上ゆっくりだと逆に難しいんですよ」

お返しとばかりにハナさんを煽り倒す。

「く、馬鹿にしてっ!!　これならどうかしらっ!?」

今度は両手を宙に上げると、先程と同じ氷の塊が無数に出現する。

パッと見ただけで数十個はあるだろう。

あれが一度に飛んできたら、いくらリファネル姉さんでも不味い気がする。

せめて、剣があれば……

「やめんか小娘!!　会場を壊す気かっ!!」

怒声が会場に響く。

声の主は、エルフの国の女王、ファルメイアさんだった。

「ファ、ファルメイア様！　違うんです、これはコイツらが仕掛けてきて、それで……」

今まで、強気な態度をとっていたハナさんだが、初代勇者パーティの一人でもあるファルメイアさんには頭が上がらないようだ。

中々の狼狽えっぷりだ。

というより、当たり前のように嘘をつかないでほしい。

最初に手を出してきたのはそっちだ。

「馬鹿者が！　お前らの会話は聞こえていたぞ。妾の耳を侮るでないぞ！」

そう言って、肩の辺りで切り揃えられた緑色の髪を手で耳にかけながら、エルフ特有の長く尖った耳を、強調するかのように出す。

耳がピクピクと動いている。

昔読んだ本に書いてあったっけ、エルフの耳は地獄耳って。

貴族達に囲まれた状態で、僕達の会話が聞こえていたってことは、本に書いてあったことは本当だったんだ。

それにしても…………僕はファルメイアさんの方を見る。

昨日見たときは気付かなかったけど…………小さい。

僕も身長が高い方ではないけれど、その僕よりも頭半分くらいは低い。

こう言っては失礼かも知れないけど……子供みたいで可愛い。

見れば見るほど、何百年も生きてるとは思えなかった。

エルフ……不思議な種族だ……

「でも、コイツらがヘリオスを無視するから……」

「言い訳の前に、その物騒な氷を引っ込めろ！　さっきの氷柱も妾が何とかしたのだぞ！」

うわ、本当だ。

いつの間にかさっきの氷の柱が綺麗になくなってるよ。

「もう出しちゃってるんですから、引っ込められないですよぉ」

「仕方ないのぉ、あまり年寄りに無茶させるでないぞ」

ハァ、と深い溜め息をついて、氷に向けて手を軽く振る。

すると驚くことに、数十個はあった氷の塊が瞬く間に消えていく。

いったい何をしたんだろうか？　僕の目には、ただ手を振っただけにしか見えなかったけど……後で姉さんに聞いてみよう。

「ほれ、お前もいつまで固まっておる」

「は、すいません。ちょっと夢を見ていたようです。そこの女性冒険者二人をパーティに勧誘したんですが、フルシカトされるという怖い夢でした」

無視された事実を受け入れられず、無かったことにしたようだ。

「いや、夢じゃないぞ。お前はガッツリとそこの冒険者にガン無視されておったぞ。受け入れ難い現実に直面した時、無かったことにする。お前の悪い癖だぞ」

「そんな……僕が無視された？　ハハハ、ファルメイア様、冗談はやめて下さい。僕が無視されるわけないじゃないですか。僕は勇者なんですよ？　世界のために戦っている。それを無視だなんて、あるわけがない！」

ファルメイアさんが遠慮なしに事実を告げるが、ヘリオスさんはまったく信じちゃいない。

なんだろう、僕の中で勇者パーティへの憧れが、急速に冷めていってる。

勇者は、僕みたいな弱者とはまともに会話もしてくれなかったし、ハナさんに至っては論外だ。

ファルメイアさんは流石にまともそうだけど。

「どうだい君達、僕達のパーティに入らないか？　魔王討伐を果たせば、地位や名誉、お金だって手に入る！　君達程の実力があれば足を引っ張ることもないだろう」

やっぱりさっきのことを無かったことにしたようで、本日二回目の勇者パーティへの勧誘がきた。

熱い視線を二人に向けている。

「はて？　何か耳障りな声が聞こえたような気がしましたが、気のせいですかね？　どうですか、レイフェルト」

「ん～私も何も聞こえなかったわね。耳の周りに虫でも飛んでたんじゃないかしら？」

あ、まだそのスタイルを貫くんだ。

「ラゼルはどうですか？　何か聞こえましたか？」

え～、そこで僕に振るの？

どうしたもんか……

「いや、僕も何も聞こえないよ。最近暑いからね。虫でも飛んでたんだよ」

少し悩んだが、姉さん達に合わせることにした。

さっきのラナ王女のこともあるし、勇者も何か嫌な感じだった。

これくらいは許されるだろう。

「……成る程、どうやら夢じゃなかったようだ。未だに信じられないけどね。……僕は、この世でどうしても許せないことが一つだけあるんだ……それは――」

やっと現実を認めたようだけど、様子が少しおかしい。

「――実力もないのに僕を馬鹿にするやつさ!!」

怒りを顕わにした勇者の姿が一瞬ブレたかと思うと、次の瞬間には僕の目の前にいた。

まったく見えなかった。

やっぱり勇者といわれてるだけはある。

僕に掴みかかろうと、手を伸ばす。

当然僕がそんな勇者の速さに対応できるわけもなく、なすすべなく捕まりそうになった時。

僕と勇者の間を、何かが通りすぎた気がした。

それが、レイフェルト姉の足だと気付いた時には、勇者がもの凄い勢いで壁にぶっ飛んでいた。

「ラゼルに何かするつもりなら、流石に無視できないわよ？」

勇者が飛んでいった方を見ると、体が壁にめり込んでいた。

完璧に意識を失ってるようだ。

蹴りで勇者を吹っ飛ばすって…………相変わらず僕の姉は規格外だった。

＊

「うわ、なんだなんだ？」

「何かが凄い勢いで飛んでったわよ？」

「まさかハナ様の魔術か？」

「「「え？　な、なんで……勇者様が!?」」」

貴族達が勇者のめり込んだ壁を見て驚愕している。

それはそうだろう、勇者とは魔王を倒すために選ばれた、人類の希望である。

それが壁にめり込んで気絶しているのだ、驚きもするだろう。

「いったい何が……」

会場の人々に動揺が広がってく。

もしかして僕達、捕まるんじゃないかな……？

先に手を出してきたのは向こうだけど、やり過ぎな気がしなくもない。

けど勇者が、蹴り一発で気を失うとは思わなかった。

レイフェルト姉が強すぎるのか、勇者が大したことなかったのか、どっちだろうか。

「静まれ！　皆の者!!」

ファルメイアさんの甲高い、けれども何処か芯のある声が、会場に響いた。

さっきまでのざわざわが、嘘のようにピタリと止んだ。

「ファルメイア様だ！」

「静かにしろ、ファルメイア様が喋るぞ！」

「ああ、なんとも美しい」

「ぼ、僕のお嫁さんになってほしいんだな、……フ、フゴッ」

初代勇者パーティの名は伊達じゃない。

皆が尊敬だったり、憧れの視線を向けていた。

最後の方に太った貴族のオジサンが変なことを言ってた気がするが……この二人が一緒に歩いてたら、犯罪臭しかしない。

すぐ騎士団に通報されそうだ……

「勇者ヘリオスは今、魔王討伐に向けて修行をしている。魔力を常に体に留めておく修行だ。だが今回、その大きすぎる魔力が災いして暴発してしまったというわけだ。せっかくのパーティーなのにすまなかった。妾が、勇者パーティを代表して謝ろう」

シーンと、無言に包まれる会場。

ファルメイアさんはどうやら僕達を庇ってくれたようだ。

「こんな時にまで修行なんて……」

「なんと素晴らしいことだ！　勇者の鑑だ！」

「勇者様が居てくれれば、この世界も安泰だ！」

「フ、フゴー！」

結構無理がある言い訳かと思ったが、貴族の人達は信じてくれたようだ。

感動して、涙ぐむ者までいる。

勇者の評価もうなぎ登りだ。

「フフフ、あんな様子では魔王を討伐する前に、その辺の魔物にやられるんじゃないですかね」

クスクスと笑いながら、周囲に聞こえないように小声で話しかけてくるリファネル姉さん。

「せっかくファルメイアさんが庇ってくれたんだから、ちょっと静かにしててよ姉さん」

これがハナさんに聞こえてたら、また面倒臭いことになる。

「でも、あんなんで気絶するなんて、本当に勇者なのかしらね？　かなり手加減したんだけど」

今度はレイフェルト姉が話しかけてきた。

………………態々ハナさんに聞こえるくらいの声でね……

「……覚えてなさいよ、貴女達！　ヒリエル！　すぐヘリオスの回復を！」

此方を怒気の籠った目で睨み付けるハナさん。

「はいはい！　ちょっと通りますね！」

貴族達の間を通り抜けて、勇者の元に聖女ヒリエルさんが近づいていく。

両手を勇者の体にかざすと、手がやんわりと光り始め、あっという間に勇者を光が包み込んで行く。

「ふぅ。これで直に目を覚ますでしょう」

ほんの一瞬の出来事だったが、明らかに勇者の顔色が良くなっている。

これが聖女の回復魔術。

初代勇者パーティの聖女は、千切れた腕すら再生させたって書いてあったけど、ヒリエルさんはどうなんだろうか？

「妾は少し国王と話してくる。お前達もくるがいい」

「え？　僕達もですか？」

「そうだ。色々と聞きたいこともある。ここに居ては、あいつらを刺激するだけだ」

そういえば、この騒ぎのなか国王はどうしたんだろうか？

周りを見渡して、姿を探す。

あ、居た。

けどなんだか様子がおかしい、隣でラナ王女があたふたしている。

「お父様、お気を確かに。お父様！」

「あわわ、勇者に何かあったら私がレイモンド王国に……ああ……」

「あ、ファルメイア様！　お父様が、勇者様がふっ飛んだのを見ておかしくなってしまいました……」

「はぁー、コイツは本当に、昔から気が弱いのが直らんな……ほれ正気に戻らんか国王」

ペチペチと国王の頬を叩くファルメイアさん。

端から見たら、可愛い女の子がおっさんをひっぱたいてるようにしか見えなかった。

すごい絵面だ……

「はっ、ここは？　勇者は？」

「やっと正気に戻ったか、久しいなシルベストの国王よ。勇者のことなら気にするな。妾が上手く言っておこう」

「ファルメイア様、助かります！　ありがとうございます！　もし勇者に怪我なんかさせたら、レイモンド王国に何を言われるか……考えただけでも恐ろしい……」

　レイモンド王国はこの周辺では一番の大国だ。

　そして勇者と聖女の出身国でもある。

　国王の様子を見る限り、立場的にもレイモンド王国の方が上なのかもしれない。

「それよりもこの冒険者達と少し話がしたい。奥の部屋を借りるぞ？」

「どうぞどうぞ、いくらでも使って下さい」

　まるで自分の家のように、堂々と廊下を進んでいくファルメイアさん。

　僕達三人はそのあとをついていく。

　国王様まであんなペコペコしてたし、本当に凄い人なんだと改めて思い知った。

　他の勇者パーティもこの人には頭が上がらなそうだったし。

　姉さん達、失礼なこと言わないといいけど……

＊

　廊下を進んで行くと、いくつものドアが左右にあって、ファルメイアさんはその左から二番目を迷わず開けた。

　中へ入ると、豪華な細長いテーブルが真ん中に置いてあり、その周りを囲むように椅子が並べてある。

「ちょっと、茶を用意してくるから、適当に座って待っておれ」

入って早々にファルメイアさんは、部屋の奥へと行ってしまった。

言われた通り、適当に腰掛けることにする。

「ファルメイアさん、お茶を用意してくるって言ってたけど、手伝った方がいいかな？」

「何を言いますか、私達は客人ですよ？　そんなこと気にせず待ってればいいのです」

リファネル姉さんはそう言うけど、エルフの女王にお茶を淹れてもらうなんて、何か申し訳ない気がする……やっぱり手伝いに行こう。

「待たせたな、ほれ。エルフの国、『イヤーグナ王国』特製のナタ茶だ！　結構レアな物だから、味わって飲んでくれ」

早っ！

手伝いに行こうと立ち上がると同時に、ファルメイアさんが戻ってきた。

僕達三人の前に、お茶の入った湯飲みが置かれる。

てかお茶淹れて戻ってくるまでが早すぎるよ、ほとんど一瞬だったよ。

「いただきます」

せっかく出してくれたので、さっそく一口いただく。

「……美味しい」

ナタ茶は想像していたよりも遥かに美味く、思わず声に出てしまっていた。

リファネル姉さんとレイフェルト姉も、黙って湯飲みを啜っている。

「そうだろう、やっぱりナタ茶は世界一だな！　それなのにこの国の国王ときたら、妾が出したナタ茶を飲んで、吐き出しおったのだ。失礼極まりないだろう？」

「国王様とは知り合いなんですか？」

「まぁ知り合いと言えば知り合いだな。彼奴が若僧の時に助けてやったことがあっての、彼奴が王になれたのは妾のお陰と言ってもいいくらいだぞ」

だからあんなにペコペコしてたのか。

「それよりも話って何かしら？　早く帰りたいんだけど」

ナタ茶を飲み終わったのか、湯飲みをテーブルに置き、足を組みながらレイフェルト姉が喋る。

この人は、なんていうか、誰が相手でも本当にブレないな。

ここまでくると純粋に凄いと思う……きっと何が起ころうとも、全て自分で何とかできるという自信の現れなんだろうなぁ……

「そうだったな、まずは改めて詫びよう。ヘリオスとハナが迷惑かけたな、すまなかった」

先程はみんなに謝っていたけれど、今度は僕達に個人的に頭を下げる。

律儀な人だ。

「話というよりは、愚痴のようなものなのだが、少し聞いてくれ。レイフェルトといったか？勇者を見てどう思った？」

「ん〜、そうね。色々と言いたいことはあるけれど、あんな弱いのが勇者なんてやってて、今までよく魔族に殺されず生きてたわね？　あんなんじゃ、魔族の幹部を倒したってのも疑わしいわ」

中々に酷い評価だけど、これが本心なのだろう。

レイフェルト姉はこういう時、嘘をついたりしない。

「うむ、成る程……では、お前はどう思う？　剣聖リファネル」

どういうことだ？　今確かにファルメイアさんは、リファネル姉さんのことを剣聖と呼んだ。

何で知ってるんだ？

「……何故、私が剣聖だと？」

「そう警戒しないでくれ。妾の国、イヤーグナ王国にも剣聖の名は轟いておる。ラルク王国に化物染みた強さの剣士が居るとな。それでどうしても気になってな、使い魔を使役して、一度お前が戦ってる所を見たことがあるだけだ」

「それでどうでしたか？　私の強さは貴女の目にどう映ったのですか？」

「ふっ、正直震えたぞ！　あの軽やかな身のこなしに洗練された剣技、尋常ならざる剣速。まさに剣の化身、剣聖と呼ばれるのも素直に頷けた。純粋な強さだけならば勇者にも匹敵するかもしれん。もちろん初代だぞ？」

「当たり前です！　あんな雑魚虫勇者と一緒にされたら溜まりません！」

ハハハ、雑魚虫って……まだ怒ってるよ。

リファネル姉さんが未だに怒ってるのは、きっと僕に手を出そうとしたからだ。

姉さんは過保護だから。

僕もいつまでも、姉さん達に守って貰ってばかりじゃ駄目だな。

せめて自分の尻拭いくらい、自分でしないと。

「勇者を雑魚扱いか……そうだな、妾が言いたいのはお前達も言ってた通り、今の勇者パーティが弱過ぎることだ。余りにも弱いのだ。幹部を倒したとは言うが、あれは殆ど妾が一人で倒したようなものだ」

一人で幹部を討伐とは……この愛らしい姿を見てると、魔族を倒せそうにはとても見えないけど、そこは流石初代勇者パーティといったところだろう。

「ま、そんなことだろうと思ったわ。で？　結局貴女は、何が言いたいのかしら？」

「妾の力も歳を経る毎に弱くなっている。今では全盛期の半分程度しかないだろう。現魔王がどれ程の強さかはわからんが、このままでは返り討ちに合う可能性が高い。今日初めて会って、こんなことを言うのは申し訳ないのだが、勇者パーティに入って力を貸してはくれんか？」

なんと、本日三度目の勇者パーティへの勧誘だった。

ヘリオスさんに勧誘された時は、二回とも無視してたけど、今回はどうだろうか。

僕的には姉さん達が、勇者パーティに入ること自体は反対ではない。

昔憧れた、勇者の物語。

その旅に姉さん達が誘われている。

これは本当に凄いことだ。

けど、実際に二人が僕の前からいなくなったら、僕はどう思うんだろうか？

寂しく感じるのは間違いないんだろうけど、何だかんだ一人でもこの国で生きてくのか？

う〜ん、駄目だ、今考えてもわからない。

なんてことを考えていると、

「絶対お断りよ」「お断りします」

やっぱり断るんだ……何となくわかってたけどね。

でも何故か、それを少し嬉しく思う自分もいる。

ファルメイアさんはできた人だと思うけど、勇者ヘリオスさんとハナさんは、会って早々にあんなことになっちゃったし。

まぁ、ハナさんのことに関しては僕のせいだけど。

いや、勇者もなんだかんだで僕のせいかもしれない……

「一応聞いてはみたが、やはり断られたか……」

駄目元で聞いてみたのだろう。

落ち込んでる様子はない。

「それに私達はラルク王国の出身よ？　勝手に勧誘なんてしたら面倒臭くなるわよ？」

「こんな国で冒険者なんてやってるんだ、お前達も事情があるのだろう？」

レイフェルト姉はカマをかけたつもりだろうけど、逆に見抜かれてしまった。

ファルメイアさんだったら、僕達がラルク王国を出たのを知ってても不思議じゃない。何百年も生きてるエルフだ、そういった情報を知る術を持ってるかもしれない。

と言っても、ラルク王国から追放されたのは僕だけで、二人は勝手に国を抜けてついてきてくれただけなんだけどね……

「そうね、色々とあるのよ。私達も」

「どんな事情があるかは知らんが、ラルク王国ならば、剣聖が抜けても大丈夫だろう。彼処はお前達の様な、化物染みたのが何人もいるからな。それでも国の戦力はだいぶ落ちるだろうが」

この言い方だと、ラルク王国のことも多少は知ってるみたいだ。

知り合いでも居るのかな？

「確かに、一筋縄じゃいかないのが結構いるわね～」

「ふふ、所詮私の敵にはなりえませんがね」

ラルク王国は実力主義国家と言われてるだけあって、姉さん達の他にも猛者はいる。

けど僕は、この二人が戦って負けてる所を見たことがない。

「剣聖に会えたのは光栄だが、どうせなら同じ魔術師としては、賢者ルシアナにも会ってみたいものだな」

やはりルシアナのことも知ってるようだ。

姉さんのことを知ってたんだから、妹を知っててもおかしくはないが。

ルシアナの魔術は派手なのが多いからね、認知度的には姉さんよりも知れ渡ってるかもしれない。

「妹を知ってるんですか？」

「なんと、お前の妹であったか。これは驚いたな。それと先程からこの二人を姉と呼んでいるが」

「はい、ルシアナは妹でリファネル姉さんは姉です。レイフェルト姉も血は繋がってないですけど、似たようなものです」

「……お前もとんでもない姉妹に囲まれて大変だな、何かあったら妾に言うがいい。ナタ茶を出して、話を聞くくらいはできるぞ」

僕の肩をポンポンと叩き、慈愛に満ちた目で見てくる。

「ありがとうございます」

「何を言ってるんですか、ラゼルはお姉ちゃんが好きで一緒にいるんです。大変なことなんてありません」

「そうよ。ラゼルは私が好きでしょうがないのよ。ね？」

「ハハハ……」

なんて答えようか、とりあえず笑って誤魔化そう。

いや、嫌いじゃないけどさ。

素直に好きっていうのも気恥ずかしいものだ。

「それじゃ、そろそろ私達はいくわよ。勇者達に何か言われたら、次は加減できないかもしれないし」

「ああ、手間を取らせたな。先程の話だが、気が変わったら教えてくれ。長居はしないが、あと二、三日はこの国にいる予定だ」

「気が変わることなんてありませんよ。私が剣を振るのはラゼルのためだけです。魔族がラゼルに危害を加えようとするのなら、斬り捨てますが、そうでないのなら知ったことではありません」

「わかった。最近じゃ魔族も動きが活発になってるから、気をつけるんだぞ」

僕達は歩いてきた廊下を、そのままは戻らず、更に進んで裏口から外へと出た。

ラナ王女に挨拶くらいしときたかったけど、この国にいればまた会うこともあるだろう。

とりあえず宿へと戻ることにする。

でも何か忘れてるような気が…………

「あーーっ！」

「どうしましたラゼル？　何処か痛いのですか？」

「何処が痛いの？　お姉さんが撫でてあげるわよ？」

近い近い、ベタベタくっつきすぎだってば……

今はそんなことよりも、

「ドラゴン討伐のお金、まだ貰ってないのに出てきちゃったねって思ったんだけど……」

＊

夜、姉さん達が寝静まった頃を見計らって、僕は外で剣を振っていた。

結局、ドラゴン討伐のお金に関しては後日、ラナ王女を訪ねる方向で話が決まった。

「フッ……フッ……フン」

夕御飯はリファネル姉さんが作ると言ってきかなかったが、僕とレイフェルト姉が全力で止めて事なきを得た。

昔、姉さんの作った料理を食べて、数日寝込んだのは今でもトラウマだ。

一番質が悪いのは、本人が無自覚という所だ。

最後まで僕が寝込んでるのを、原因不明の風邪だと思って騒いでたっけ……

今日は本当に色々あった。

勇者パーティの人達とも、間近で会うことができた。

僕の想像してた、物語の中の勇者とは全くの別物だったけどね。

けど、ファルメイアさんはいい人だった。少しだけど話すこともできたし、話を聞くとも言ってくれた。

聖女のヒリエルさんだけは、一度も話すことなく終わってしまったが、雰囲気的にはいい人そうだった。

なんていうか、フワフワとした感じの人だ。

ファルメイアさんが言っていたが、魔族の動きが活発になっているらしい。

もしかしたら、遭遇する機会があるかもしれない。

そうなった時に、姉さん達の足を引っ張るのも嫌だから、こうして剣を振っているわけなのだが。

「駄目だ、全然強くなれてる気がしない……」

そりゃ、久しぶりにちょっと修行したところで強くなる実感なんて湧くわけがないけど、思い出してしまったのだ。

僕はラルク王国を追放されるまでは、毎日毎日、遅くまで修行していた。

それこそ、物心ついた時から一日だってかかしたことはなかった。

姉さんの料理を食べて寝込んだ時も、熱を出して辛い時も、剣を振っていたと思う。

リファネル姉さんやレイフェルト姉、それにルシアナ、僕は少しでもみんなに追い付きたくて必死だった。

けれど、修行をすればするほど、自分の才能のなさがわかってしまって嫌になった。

それでも僕が、追放されるその日まで剣を振っていたのはきっと、周りの目があったからだ。

『剣聖』の弟で、『賢者』の兄で、国王の息子でもある僕。

天才的な才能を持った身内に囲まれていたが故に、周囲に期待されていた。

姉と妹がこれ程の才能を持っているのだ、血の繋がった僕もいつかは才能を開花させる時がくるんじゃないかと。

それも最初の内だけだったけどね。

いつまでも弱いままの僕に対して、周囲の人達はだんだんと冷たくなっていった。

強さが何よりも重要視される国だ、王の息子だろうと関係ない。

そんな僕に対しても、リファネル姉さんとルシアナ、レイフェルト姉だけは優しかった。

僕がこれまで折れずに、前向きにやってこれたのは皆がいたからだと思う。

三人は国の仕事で、ラルク王国にいない時が多かったけど。

だからこそ、追放された僕に、国を捨ててまでついてきてくれた二人の重荷にはなりたくない。

せめて、いざという時に少しでも動けるようにはしておきたい。

いつまでも、姉に守って貰ってばかりなのも恥ずかしいからね。

＊

ん～、何だか背中に温もりを感じる。

それに柔らかい。

ん？　柔らかい？

「……何してるのさ、リファネル姉さん」

「まぁ、起きたのですねラゼル！　朝起きたら、部屋にいないから探しにきたのです。そしたらこんな所で倒れてるではありませんか。これは大変だと思って、こうして体を温めてるのです」


どうやら昨日は疲れて、そのまま外で眠ってしまったようだ。

僕は姉さんを背もたれにして、寄りかかる様に寝ていた。

姉さんはそんな僕を、背後から抱き締める様にしている。

「そんなことしないでも、起こしてくれればよかったのに」

体が密着してるから、姉さんが喋ると吐息が首に当たってくすぐったい。

「……修行してたのですか？」

僕の隣に転がっている剣を見て、少しだけ暗い声で聞いてくる。

「うん、ちょっと体を動かしたくてね」

「そうですか、余り無茶をしてはいけませんよ？　それに修行なんてしなくても、お姉ちゃんがいます。ラゼルに危害を及ぼす輩がいるのなら、勇者だろうと、魔王だろうと斬り捨ててみせます」

ハハハ……魔王ってそんな簡単に倒せるのかな？

「ありがとね。でも、いつ何が起こるかわからないからさ。最低限、自分の身は自分で守れるようにってね」

「お姉ちゃんがいる限り何も起こりませんよ。それに、一応レイフェルトもいます」

僕を抱き締める手に力がこもる。

更に体が密着する。

てか、背中の感触が……強く押し付けられすぎて、おかしなことになってるって。

「ちょっと～、引っ付きすぎよ。離れなさいってば」

遠くからレイフェルト姉が走ってきた。

「今はラゼルを温めてるのです。邪魔しないで下さい」

「私が温めるからどきなさい！」

「フフ、絶対にどきません。何者にも、私とラゼルを引き裂くことなどできないのです」

……大袈裟だってば。

「言葉で言ってわからないなら、斬るわよ？」

「ほほう、私に勝てると思ってるのですか？」

はぁ～まったく……この二人は……

「こんな朝から騒いだら近所に迷惑だからっ！！！」

何とか二人を宥めて、宿に戻る。

もう一眠りしよう。

＊

日が沈み、辺りがだんだんと暗くなり始めた頃。

ラルク王国からシルベスト王国へと続く道を、凄まじい速さで進む人影があった。

何か急いでいるのか、その人影のスピードはぐんぐんと勢いを増していく。

だが、そんな人影の前に一人の男が現れた。

「よぉ、何処に行こうってんだぁ？　ルシアナぁー？」

急に止まったせいで、被っていたフードが脱げ、人影の顔が顕になった。

まだ幼さの抜けきらない顔立ちの少女だった。

色素が抜けてしまったかの様な、真っ白い髪の毛、ブルーサファイアのように何処までも蒼い、何もかもを見通すような瞳、身長はこの歳くらいの少女ならば平均的だろうか。

十三歳にして、並ぶ物はいないといわれる、膨大な魔力量と天才的な魔術のセンスを持つ少女。

賢者ルシアナ、その人だった。

「……貴方には関係ないことですわ。早くそこを退きなさいな」

「ククッ、そういうわけにもいかないんだなぁコレが！　オッサンに頼まれてんだよ、お前をこの国から出すなって！」

ルシアナは男を睨み付ける。

オッサンとはラルクの国王のことだろう。

そして王に対して、そのような軽口を叩ける者は限られている。

即ち、強者だ。

「何故でしょうか？」

「は、お前の姉が弟を追っ掛けて国を出ちまったんだよ。ゾルバルを斬りつけ、王直属の護衛軍をものともせずによぉ！　それにレイフェルトの奴も姿を見せねぇ。それで、次はテメェがいなくなるんじゃねぇかって、見張りを頼まれてたんだよ！」

「フフ、フフフフ、アハハハハハッ」

「あ？　何がおかしいんだテメェ？　舐めてんのか？」

冷たい夜空に、ルシアナの笑い声が響いた。

男は苛立ちを隠しもせず、不機嫌そうに返す。

「あ〜〜おかしい、笑わせてくれますわ。私が聞いたのは、何故私を止めるのに、貴方一人なのかってことですわ。舐めてんのかですって？　それは此方のセリフですわ、ファントム！」

「はんっ、それはテメェが俺よりも弱いからだろうが！　選ばせてやるよ！　黙って戻るか、俺に半殺しにされて強制的に戻るか！」

ファントムと呼ばれた男がルシアナへと二択を迫る。

「はぁー、笑わせてもらいましたわ。そうですね、こういうのはどうですか？　貴方が私にボロボロに負けて、泣きながら国へと戻る」

「……半殺し決定だな」

腰から剣を抜き、構える。

ファントムは相手が賢者だろうと負ける気はなかった。

確かに、賢者と呼ばれるだけあってルシアナの魔術は強力なものだが、もう幾度となく見てきた。

魔術が放たれるまでに、斬り伏せる自信があった。

「剣聖？　賢者？　だからどうした!!　俺は誰にも負ける気はねぇ!!　テメェを半殺しにした後は、レイフェルトとリファネルもラルク王国に引きずってきてやるよ！　そうだなぁ、ついでにラゼルの奴も虐めといてやる!!」

「……………………はぁ？　貴方、今なんて言いました？　お兄様を虐める？　はぁ？」

ファントムが兄に危害を加えると言った瞬間、ルシアナの目の色が変わった。

先程まで大笑いしていた少女と同一人物とは、到底思えなかった。

「ったくよぉ、いくら兄妹だからって、何であんな雑魚の所に行こうとすんだか。ほっとけばいいんだよ、才能のない奴は」

「……な……い」

「あ？　何だって？」

「潰れなさい!!」

「は、なにいって――」

ズンッッ！

突如頭上に現れた、馬鹿デカイ土でできた拳に、ファントムは押し潰されていた。

余りの速度に、避けることすらままならなかったようだ。

サラサラと、土の拳が宙に消えていく。

そこに残ったのは、拳に押し潰された、息も絶え絶えな瀕死の男だけだった。

ゆっくりと男に近づき、告げる。

「命までは取りません、その内誰かが助けに来てくれるでしょう」

「……なん……でだ、まったく見えなかった……今までは……手を抜いて……やがったのか……？」

今まで見てきたルシアナの、魔術発動速度ならば対応できる筈だった。

それが、発動した動作すら見えなかったのだ、ファントムはわけがわからなかった。

「手を抜くですか、それは違いますわ。私はもちろん、きっとお姉様達も、本気で戦ったことなどほとんどないでしょう。貴方が勘違いするのも仕方ないですわ」

「……は、……何だ、そりゃ…………」

ファントムは意識を失った。

ルシアナは再び歩み始めた。

「あぁ、国を追放だなんて、可哀想なお兄様！　でも大丈夫、今私が行きますわ！　そうです、お兄様には私がいる。たとえ国が、世界が、お兄様を蔑ろにしても、私がいれば何の問題もありませんわ。お兄様が望むのならば、その全てを壊して差し上げますわ、この絶対的な魔力の下に」

兄を想う妹の瞳は、酷く濁っていた。

第四章

二度寝から目が覚めると、もう昼過ぎだった。

ラナ王女の所へは、勇者パーティがこの国を出てから行くことになってる。

僕達が顔を合わせると、また一悶着あるかもしれないからね。

レイフェルト姉は、早く家が欲しくて仕方ないらしく、今日も家を探しに行ってしまった。

リファネル姉さんも一緒についていったようだ。

喧嘩する程仲がいいとはよく言ったものだ。

もちろん僕も誘われたのだが、今日はゆっくりしたい気分だったので遠慮しておいた。

どうせ一緒に行っても、僕の意見なんか通らないだろうし。

ただ、意地でも自分の一人部屋だけは手に入れてみせる。

別に一緒の部屋が嫌ってわけではないのだが、如何せんスキンシップが激しい。

いくら家族といえども、僕も年頃の男だ。

たまに、クラっとくるときがあるのだ。

本当にたまにだけどね。

それにレイフェルト姉とは、血の繋がりはないので、血縁上は他人なのだ。

それが毎晩あんな下着が透けて見えるような薄着でくっついてくるのだ、慣れてはいてもね……

そういえば、ルシアナは元気だろうか？

昨日、ファルメイアさんから妹の名前が出たからか、ふとそんな考えが頭を過った。

別れの挨拶もしないまま、国を追放されちゃったからなぁ。

寂しがってるだろうか？

昔からルシアナは僕にベッタリだったし。

いや、姉さん達も充分ベッタリなのだが、ルシアナはそれの遥か斜め上をいくというか……

もはや依存と言った方がいいだろう。

幼い頃は、お風呂やトイレ、どこに行くにも僕の後ろをついてきた。

無理に引き離そうとすると大泣きして、暴れるのだ。

ただ暴れるのなら可愛いものだが、ルシアナの場合は生まれつき魔力が桁違いに多く、その魔力を暴走させながらわんわん泣くのだ。

引き離そうとした大人達が何人も吹っ飛んでたなぁ……

そんなこともあって、周りの大人達も、僕とルシアナを引き離すのを早々に諦めていた。

最近では心身共に成長して、お風呂やトイレについてくることはなくなっていたが、僕に対しての過保護具合は、姉さん達以上だ。

「ラゼルー、ただいまぁ！」

そろそろ起きようと、ベッドから上半身を起こしたタイミングでドアが勢いよく開き、レイフェルト姉が入ってきたため、体がビクッとなってしまった。

「ちょ、そんな勢いよく開けないでよ！」

「あららぁ？　もしかしてお姉さん、邪魔しちゃったかしら？　大丈夫よ、ラゼルも男の子だもの、ソレは自然な行為よ」

この人、絶対変な勘違いしてるよ……

「いや、レイフェルト姉が勢いよくドアを開けるから驚いただけだよ。別にそんなことしてないよ」

「え～、そんなことって何かしら？　お姉さんに詳しく教えてくれる～？」

くっ、これはあれだ、完全にからかわれてる………

顔がニマニマ笑ってるもん………

「レイフェルト、あまりラゼルをからかわないで下さい」

後ろからリファネル姉さんが出てきた。

「だって～、ラゼルの困った顔がとっても可愛いんだもの。フフフ」

「ラゼルが可愛いのは認めますが、からかっては駄目です」

「はいはい、わかったわよ。そんなことよりもラゼル、いい家が見つかりそうよ」

そんなことよりって……まったくもう。

ん？　見つかりそう？　まだ見つかったわけじゃないのかな？

「どういうこと？」

「さっきラナと会ってね、色々と家を紹介してくれることになったのよ」

「それは凄いね、王女様の紹介なら間違いないだろうね」

「そんな信頼されると、プレッシャーを感じてしまいますわ、ラゼル様」

リファネル姉さんの後ろから、ヒョイとラナ王女が出てきた。

あれ？　もしかして……

「ラナ王女様……いつからそこに？」

「……最初からいましたよ」

ラナ王女が少し顔を赤らめながら答える。

うわぁ、最悪だよ。

さっきの姉さん達とのやりとりも聞かれてたってことじゃないか。

恥ずかしい……

「それで、これから家を見に行くから、ラゼルも一緒にと思って、迎えにきたのよ」

「そうなんだ、じゃあちょっと着替えるから待ってて」

服を脱ごうとして、

「「「……」」」

「あのさ、そんなに見られると着替えづらいんだけど……」

ラナ王女までちゃっかりと見てるし……

＊

三人の視線に晒されながらも何とか着替えを終え、僕達はラナ王女が紹介してくれるという家へと向かっていた。

今日はこの前いた執事の人はいなかった。

「はぁ〜、これでやっと家が決まるかもしれないわね。宿暮らしともおさらばよ」

レイフェルト姉が一番家を欲しがってたからね。

僕は別に宿でもいいって言ってるのに……

「私は大きいお風呂を所望します。宿のは窮屈です」

僕は宿のでも充分なんだけど、リファネル姉さんは昔からお風呂大好きだからなぁ、一度入ると半刻は出てこない。

「僕は自分の部屋があれば何でもいいよ」

やっぱり、四六時中ベタベタされるのは色々良くないからね。

「だから〜、ラゼルは私と同じ部屋だって言ってるでしょ？」

「いいえ、ラゼルは私と同室です。レイフェルト、貴女には一人部屋を与えましょう」

いや、僕にその一人部屋を与えてよ……

僕を挟んで、左右で言い合いを始める二人。

どうでもいいけど、距離が近いって。

「フフフ、皆さんとても仲がいいんですね。羨ましいです」

ラナ王女は、そんな僕達を微笑まし気に見ている。

そうか、ラナ王女はハナさんと仲が悪そうだったもんな……何か理由でもあるんだろうか？

「姉弟なんだもの、これくらい普通よ。ね？　ラゼル」

そう言いながら、腕を絡めてくるレイフェルト姉。

こんなベタベタする姉弟が普通でたまるかと言いたい。

間違いなく普通じゃないと思うんだ……

僕を大事に思ってくれてるのはわかるんだけどさ、もうちょっとボディタッチは控えて欲しいものだ。

「さぁ、着きましたよ！　ここが最初に紹介する家です」

どうやら目的地へと着いたようだ。

「へぇ～、外観は悪くなさそうじゃない」

「大事なのは中です」

レイフェルト姉は偉そうに腕を組みながら、フムフムとかいいながら外観を見て回っている。

リファネル姉さんは家の中へと入っていった。

「すいません王女様、姉さん達が勝手に……」

「お気になさらないで下さい。紹介するといったのは私なのですから。それとラゼル様、いつまでそんな畏まった話し方をするんですか？　リファネルさん達みたいに気軽に話して欲しいです」

ん～、でも王女様だしなぁ……でも姉さん達は普通に話してるし、僕が考え過ぎなだけなのか？

「……本当にいいんですか？」

念のため、最後に確認をとる。

「ええ、構いません。ラナと呼んで下さい」

本人がいいと言ってるので、僕も深く考えるのをやめた。

「えーと、じゃあ宜しく、ラナ」

「はい、宜しくです」

ニコニコと笑顔をみせるラナ。

「ちょっと、いつまでそこにいるのよ。早く入ってきなさいよ」

レイフェルト姉に呼ばれて、家の方へと向かう。

外観は煉瓦造りで、中々オシャレな感じだと思う。

それよりもこの家、庭があるのだ。

夜とかに体を動かしたくなったら庭で剣を振れる。

これは嬉しい。

続いて中へ入る。

た。

「へぇ～中も綺麗だね」

きっとこまめに手入れしているのだろう、中は埃一つないんじゃないかってくらい綺麗だった。

「ラナ！　私はここが気に入ったわ！　ここに決定よ」

自分だけで家を決めてしまったレイフェルト姉。

僕はいいけど、せめてリファネル姉さんには聞いた方がいいんじゃないかな？

「お風呂もかなり広かったです。私も賛成です」

リファネル姉さんがお風呂場から戻ってきた。

姉さんはお風呂以外はどうでも良さそうだ。

「ラゼルもここでいいわよね？」

一応僕にも確認をとってくるけど、きっと僕が何を言っても変わらないんだろうな。

まぁ、僕もこの家はいいと思う。

庭もあるし、部屋の数もそこそこある。

これなら一人一部屋でも全然余るくらいだ。

「うん、いいと思うよ！　けど、お金は足りるの？」

「それならご心配なく。私がお父様に掛け合ってみます。なので決まるまでは申し訳ないですが、あの宿にいて貰えますか？」

「わかったわ、じゃあ詳しくわかったら教えてちょうだい」

他にも色々と紹介する家はあったようだけど、最初の家で決定してしまった。

今日はラナと別れて、これで宿に戻ることになった。

＊

——ドォーーン!!

「……え、何？　この音……？」

宿に戻り、夕食を済ませ、今日は寝ようと布団に入って目を瞑った時だった。

地響きと共に、大きな爆発音が聞こえてきて目を開けた。

「……何だ……これ？」

窓を開けて音の方を見ると、そこら中の家が燃えていた。

何だ？　何が起こったんだ？

「どうやら、中々厄介そうなのが来たようですね」

「はぁ〜、せっかくラゼルを抱き締めて寝ようと思ってたのに」

二人も起きてるようだ。

腰には剣を携え、戦闘態勢に入っている。

……本当に何が起こったっていうんだ……？

*

家が燃えて、住人が悲鳴を上げながら逃げている。

方向的に、恐らく王城へと避難しているのだろう。

「姉さん……これは何が起こってるの？」

本当にわけがわからなかった。

昼間はあんなに平和だったのに、今僕の眼前に広がる光景は地獄のような有り様だ。

「気配でしかわかりませんが、何者かがこの国へと攻めてきたようですね。中々に強そうです」

リファネル姉さんが「強そう」って言うくらいだ、異常事態なのは間違いない。

「僕達はどうするの？」

姉さん達のことだ、私達には関係ありません、とか平気で言うかもしれない。

「もう、せっかく家が手に入りそうだっていうのに、このままじゃあの家が燃えちゃうじゃない。どうしてくれようかしら」

「だそうです。ラゼル、私達は元凶を斬り捨ててきます。危ないので宿で待ってて下さい。安心して下さい、この宿には一歩たりとも近づけさせませんから」

二人して窓から身を乗りだし、外へと出ようとする。

「待って、僕も行くよ！　なるべく足は引っ張らないようにするし、自分の身は自分で守ってみせるから、だから……」

僕が行ってもどうにもならないことはわかってる、けどこの国には数は少ないけど、知り合いもいる。

シルビーにラナ、それにギルドの人達。

このまま宿でジッとなんてしてられなかった。

それに何者が来ようとも、今この国には勇者パーティがいる。

ヘリオスさん達はどうかわからないけど、ファルメイアさんはこの前、幹部を一人で倒したって言ってたし、余程のことがない限りは大丈夫だろう。

「まぁ、いいんじゃない？　この宿も安全とは限らないし、私達の近くが一番安全じゃないかしら？」

「それもそうですね……ではラゼル。背中に乗って下さい」

素直にリファネル姉さんの背中へと乗る。

さっそく足を引っ張ってる気はするが、緊急事態だ、細かいことを気にするのはよそう。

「彼方ですね。では行きます！」

新たに火の手が上がった場所を見据えて、勢いよく窓から飛び出る。

*

姉さん達のスピードは相変わらず速く、あっという間についたのだが。

「ファルメイアさん、これはいったい……」

そこには息も切れ切れな様子のファルメイアさんが、何者かと交戦中だった。

何より驚いたのは、ヘリオスさんとハナさんが、グッタリと家屋にもたれかかっていたことだ。

意識はなさそうだ。

その近くでヒリエルさんが必死に回復魔術をかけている。

「おお、お前達、来てくれたか」

ファルメイアさんは安堵の表情をみせる。

「貴女がこんな状態になるまで手こずるなんて、魔王でも来たのかしら？」

レイフェルト姉も、ファルメイアさんのことだけは一目置いていた。

そんな人が、ゼェゼェと息を切らしながら辛そうに戦っているのだ、気にもなるだろう。

「いや、それなんだが、この前妾が魔族の幹部を討伐したと言っただろう？　どうやら殺しきれていなかったようだ。妾も耄碌《もうろく》したもんだ」

「来ます!!」

その時リファネル姉さんが声を上げた。

僕達目掛けて、巨大な火の玉が飛んできた。

各自、散らばってそれを避ける。

僕は背中に乗ってるだけだが。

「ヒーッヒッヒッヒ!!　おいおい、何回俺を殺せば気が済むんだよ!!　えー？　クソエルフがっ!!」

火の玉が飛んで来た方から、一人の男が歩いてくる。

ゆっくりと、だが確実に此方に歩いてくるソイツは、遠くから見た感じだと普通の人間にしか見えなかったが、近づくにつれて、その異常性が浮き彫りになってきた。

まず、肌が薄紫色をしていた。

顔色の悪い人間って言うのも無理があるだろう。

そして、魔物のように鋭く伸びた爪に、牙まで生えている。

腰からは二本の尻尾のようなものが、ウネウネと動いていた。

「……奴は魔族の幹部だ。どんな傷を負ってもすぐに再生する厄介な奴でな。この前は、妾の最大出力の魔術で跡形もなく吹っ飛ばしたつもりだったんだが、生きていたようだ。すまないが、力を貸してくれんか？　勇者達はあの様だし、妾の魔力も底をつきかけてる。このままでは、この国が滅んでしまう」

そこまでの事態だとは、流石に思わなかった。

まさか、魔族の幹部が攻めてくるとは。

またいざとなったら、姉さん達が倒してくれるだろうと、心の中では思っていた。

けど、ファルメイアさんの様子を見るに、今回は一筋縄ではいかなそうだ。

あれ？　僕、素直に宿にいた方が良かったんじゃ……

邪魔にしかならない気がする……

＊

魔族と人間は、ずっと昔から絶えず争い続けてきた。

争いの理由は単純で、魔族が自らの棲む大陸から人の住む大陸へと、領土を拡大しようと攻めこんできたのが始まりだという。

人間も負けじと反撃したのだが、魔族の操る強力な魔術で、押され気味だった。

魔族という生物は人間よりも遥かに少ないのだが、それを補って余りある程の魔力を、全員が持っていた。

そういう種族なのだ。

人間にも魔術師といわれる、魔術を扱う者がいるが、それはごくわずかで、才能のある者にしか使えない。

どんな者でも、生まれつき魔力を体に宿しているのだが、それを全員が使えるかと言ったら話は別だ。

例えば体に魔力を流し、身体を強化する。

これは魔術とは言わない。

魔術とは、魔力を火や水、土などに変換することだ。

つまり魔術師とは、無から有を産み出せる者のことを指す。

＊

そして、戦いは熾烈を極めた。

魔族の強力な力に対して、人間は唯一勝る、数で押しきろうとした。

結果、途方もない数の人々が死んでいった。

だが、殺しても殺しても、次々に出てくる人間に魔族側の勢いも衰えていった。

互いに数を減らし、戦いは膠着状態が長いこと続いた。

それから暫くして、初代勇者パーティが魔王を討伐したことにより、魔族も撤退を決めて、大陸へと帰っていった。

今が好機と、大陸へ攻めこんで魔族を根絶やしにするという話も挙がったが、これまでの戦いのダメージが大きすぎたため、やむなく断念したという。

一時は魔族も自らの棲む大陸からは出てこなかったのだが、十年程前に新たな魔王を名乗る者が現れ、魔族の勢いが増してきたらしい。

魔族の目撃例もだいぶ増えてる。

一部の冒険者の間じゃ、近い将来大きな戦があるんじゃないかと噂になってる。

と、昔読んだ本の話を思い出してみたが、如何せん百年くらい前の話だ。

全部が合ってるとは限らない。

問題は、その魔族の幹部とやらが今ここにいることだった。

「リファネル姉さん、レイフェルト姉…………」

僕は二人を見る。

「フフ、そんな可愛い目で見つめなくてもわかってるわよ。せっかくこれから、ラゼルとのイチャイチャ生活が幕を開けるんだから、あんなのに邪魔はさせないわ」

「ええ、けれど勘違いしないで下さいね。私達が戦うのはこの国のためなんかじゃありませんよ？　全てはラゼルのためです。誤解なきよう」

良かった。

今はどんな理由だろうと、この二人が戦ってくれることに安心した。

「それで構わん。妾も微力ながらサポートさせてもらう」

「ではラゼル、少し待ってて下さい。速攻で斬り捨ててきますので」

僕はリファネル姉さんの背中から下りて、ヒリエルさんの所へと向かうことにする。

何か手伝えることがあるかもしれない。

「ヒッヒッ、話し合いは終わりかぁ？　じゃあいくぞ！」

魔族が手の平を此方に向けると、みるみるうちに先程と同じ、火の玉が生成されていく。

「遅すぎるので、此方から来てあげましたよ」

いつの間にかリファネル姉さんが、火の玉を放とうとする魔族の真横へと移動していた。

「なっ、てめぇ、いつの間に来やがっ――」

スパンッ！

いつも通りの速すぎる斬撃が、魔族の首を斬り落とした。

「さ、帰りましょうラゼル」

剣を鞘に収めつつ、魔族の死体に背を向け此方へと歩いてくるリファネル姉さん。

その時だった――

「リファネルッ!!　後ろよ、まだ終わってないわよ！」

いつもの緩い喋り方とは違い、少し焦ったレイフェルト姉の声が聞こえた。

その声の直ぐあとで、リファネル姉さんに向かって巨大な火の玉が迫ってきていた。

どうしてだ？　首は確かに斬り落とした筈なのに、何で魔術が飛んでくるんだ？

「小賢しいです！」

その火の玉をものともせず、剣で斬り裂く。

ドラゴンのブレスを斬れるんだ、今更驚きはしないさ……

だけどわからない、何で魔術が発動したんだ？

「ヒーヒッヒ!!　おいおいおいおい、勇者パーティよりも殺しがいのありそうな奴がいるじゃねーか!!　テンション上がるなぁおい!!」

信じられないことに、首を斬り落とされたはずの魔族が何事もなかったかのように佇んでいた。

「おかしいですね、確かに首を跳ねた筈ですが……」

流石のリファネル姉さんも、不思議そうに首を傾げている。

「そうね、貴女は確かに首を跳ねてたわ。けど、信じられないけど、あいつ頭が生えてきたわよ？　気持ち悪いったらないわ」

「アイツは再生を司る魔族でな、並大抵の攻撃では直ぐに再生するのだ。正直、剣は相性がよくない。クソ、せめて妾に全盛期の魔力があれば……」

悔しそうに顔を歪めるファルメイアさんだが。

再生？　何だソレ？　反則じゃないか、こんなのどうやって倒せっていうんだ……

「ヒッヒッ、ヒーヒッヒッヒ、いくらでも、何度でもかかってこい！　その度に俺は再生してみせるぜ！　俺こそが、魔王様の配下にして魔族の幹部の一人！　『再生のリバーズル』だ！　てめぇら人間に今宵、地獄をプレゼントするぜぇ!!」

激しい炎に包まれた夜のシルベスト王国に、リバーズルの楽し気な笑い声がこだました。

＊

「僕にも何か手伝えることとありますか？」

リバーズルと名乗った魔族が高笑いをしてる隙に、僕はヒリエルさんの元へとたどり着いた。

パーティーの時もこの人とだけは喋ってないから、今が初めての会話だ。

勇者みたく、嫌な感じの人じゃないといいけど……

「まぁ、貴方はパーティーの時にいた、え〜っと……確か……ラッセルさん！」

惜しいような、惜しくないような……けど今はそれどころじゃない。

「ラゼルです。何か手伝えることがあったら言って下さい」

「あ、そうでした、ラゼルさんでした。名前を間違えるなんてお恥ずかしい。ではお言葉に甘えて、ここの二人を運ぶのを手伝って貰えませんか？」

ヒリエルさんは、先程まで回復魔術を施していた、ハナさんとヘリオスさんを指差す。

「もう傷は回復したんですが、意識が戻らないんです。せめて戦闘に巻き込まれない所まで、一緒に運んでいただけませんか？」

「任せて下さい」

二人を建物の陰まで運ぶ。

ここが安全かはわからないが、さっきまでの場所よりはましだろう。

そして再び、戦闘中の姉さん達へと目を向けた。

＊

「ちょっと、いくらなんでも首を斬り離しても再生するってズルくないかしら？　何か弱点とかないの？」

「すまぬが、詳しくは妾もわからんのだ。妾も初めて見るタイプの魔族だ」

「よくわかりませんが、斬ってればそのうち再生できなくなるのでは？」

「そうかも知れないが、永遠に再生する可能性もある。とにかく情報が少なすぎるのだ」

あんなのが永遠に再生するとか、なんて悪夢だ。

国が本当に滅んでしまう。

「次は私が試してみるわ！」

今度はレイフェルト姉が、地面を思いっきり蹴り、ひとっ飛びでリバーズルへと間合いを詰める。

「なんだぁ？　次はてめぇが楽しませてくれんのかぁ？」

己の間合いに入られたというのに、焦った様子は一切ない。

「はぁ～気持ち悪いわね………死になさい」

――カチャン

鞘に刀を収めた音が聞こえた。

リバーズルの体は、細切れになって地面へと落ちた。

首を斬っても死なないので、細切れにしたのだろう。

これじゃ、いくらなんでも再生できない筈だ。

「こんだけ細かく斬られたら、再生のしようがないでしょ？」

もう再生できないと思ってはいても、決して油断せず、転がった肉片から目を離さない。

――その時、肉片の一つがボッと燃えだした。

それが合図だったかのように次々と肉片が燃えだし、最後には全部が炎に包まれてしまった。

嫌な予感がする……

「ヒーヒッヒッヒ、細切れにすりゃあ再生できないと思ったかぁ？　てめぇら人間が、俺を殺しきることなんざできねぇんだよぉっ！」

その炎の中から、無傷の状態でリバーズルが現れた。

全身はメラメラと燃えている。

嘘でしょ？

あれで復活するとか……いよいよ手段がないんじゃないか？

「本当、気持ち悪いわね、どうなってんのよ！　夢に出てきそうだわ！　夢に出てきたら斬り殺すわよ貴方！」

魔族も余裕の態度を崩さないが、レイフェルト姉も大概だ。

緊張感というものを感じない。

それに、斬り殺せないから困ってるんでしょ……

「だから、殺せねぇって言ってんだろぉが!!」

リバーズルを覆う炎が、意思を持ってるかのように動き、レイフェルト姉を襲う。

「ん〜、どうしたもんかしらね」

軽やかなバックステップで交わしながら、首を傾げている。

「レイフェルト、いい案があります！」

「あら？　なにかしら？」

「再生するのも嫌になるくらい、ひたすら斬り続けてみるのはどうですか？」

「あはっ、それ面白いわね。他にアテもないし、とりあえずそれでいきましょうか！」

「作戦名は、『魔族の微塵切り』です」

その名前、態々いらなくない？

「——放てー！！！」

姉さん達が、ダサい名前の作戦を実行しようとした時だった。

野太い男の声が響き、その直後、次々と魔族に向かって矢が放たれた。

「これ以上この国で勝手は許さんぞ！」

なんと、王国の騎士団だった。

数も百人以上はいる。

これは心強い。

「んぁ？　てめぇらは相変わらず、数だけは居やがるなぁっ。うじゃうじゃと鬱陶しい……雑魚は引っ込んでろっ！！！」

瞬間、リバーズルの体を覆っていた炎が勢いよく膨れ上がった。

その勢いのまま、炎は騎士団へとぶつかった。

百人以上いた騎士団のほとんどが、リバーズルの体から放たれた炎によって吹き飛んでいた。

せっかくこっちが有利になったと思ったのも束の間で、すぐに元の状況に戻ってしまった。

これが魔族の幹部……なんて規格外の化物なんだ。

「ラゼル様、大丈夫ですか？」

「ラナ、なんでこんな所に!?」

僕は驚きを隠せなかった。

ここは戦場だ。

一国のお姫様が居ていい場所じゃない。

城で避難してるべきだ。

なのに何故、ラナがこんな所にいるのだろうか？

「勇者パーティと魔族が交戦中と聞いて、居てもたってもいられなくなってしまい、騎士団についてきたのです。それに、勇者パーティが倒されてしまえば、何処に避難しても同じです」

確かにそうだけども……

「ここは危険だから、とにかくこっちに」

ヘリオスさん達がいる場所へと避難させようと、ラナの手を掴んだ。

一緒に来たという騎士団は、魔族の攻撃でほとんどがふっ飛んでしまった。

今更一人で城へ戻れとは言えない。

それに、自分に力がなくても、ジッとしてられないという気持ちはわかる。

「ヒヒッ、まだうろちょろしてんのがいるなぁ!!」

「「ラゼル!!」」

姉二人の聞いたことのないような叫び声が聞こえて、振り返る。

だが、振り返った時にはもう遅かった。

既に僕とラナの近くまで、リバーズルの炎が迫ってきていた。

これは駄目だ。

この距離は絶対に避けられない。

姉さん達も恐らく、間に合わないだろう。

今回ばかりは本当に駄目だ。

二人とも死ぬくらいならと、僕はラナを思いきり突き飛ばした。

「キャッ、ラゼル様!?」

後は姉さん達が、何とかしてくれるだろう。

こんな時だっていうのに、僕はやけに冷静だった。

僕は、自分めがけて飛んでくる炎を見ていた。

ああ、もうすぐあの炎が僕を焼き尽くすのか。

やだなぁ、燃えて死ぬのは辛いっていうし……

だが、炎が僕に当たる寸前、目の前に土の壁のようなものがいきなり現れた。

何だこれ？

「……助かったのかな？」

どうやら炎は、土の壁に遮られたようだ。

壁に手を触れながら左右を見る。

その壁は、どこまでも続いていた。

どこまでもは言い過ぎかもしれないけど、少なくとも僕の目に見える範囲までは続いていた。

こんな風に、急に壁が現れたりする現象は、魔術以外では説明がつかない。

問題は、誰がこの魔術を発動したかだ。

これだけの規模の魔術だ。

並大抵の魔術師ではない筈だけど……

「――様ぁっ」

空から微かに声が聞こえた気がした。

気のせいかとは思うが、一応上を向き確認する。

何かが凄い勢いで空から落ちてくる。

僕に向かって。

「お兄様ぁ!!」

え？　ルシアナ!?

そのままの勢いで僕へと降ってきた。

僕は何とか支えようとしたんだけど、かなりの勢いだったので、二人とも地面へと倒れる形になってしまった。

「あぁお兄様、お兄様お兄様お兄様ぁ!!　会いたかったですわお兄様ぁ!!　はぁぁ、懐かしいお兄様の匂いです!!　クンクン!!　もう絶対、絶対に離れませんからねお兄様!!」

僕の首に手を回し、胸元に顔をグリングリンと擦り付けてくる。

理由はわからないが、賢者と呼ばれる僕の妹、ルシアナが空から降ってきた。

*

「ルシアナ？　なんでここに？」

「なんでって、そんなの決まってるではありませんか！　お兄様がいるからです！　ラルク王国へと帰ってきたのに、お兄様がいなかった時の私の絶望がわかりますか？」

絶望って、相変わらずルシアナは大袈裟だな……

でも、姉さんと同じで僕に会いに来てくれたってことか。

お陰で命拾いしたよ。

「そっか、ありがとねルシアナ。助かったよ」

白く綺麗な髪の毛を撫でる。

昔はよくこうしてあげたもんだ。

最近は僕が撫でられてばかりだったから、なんか新鮮だ。

「はぅぅ、お兄様に誉められました！　感激ですわ！」

久しぶりの再会だ、もう少しこのまま撫でてあげたいけど、今はそんな暇はない。

手を止め、立ち上がる。

名残惜しそうに、ルシアナが僕を見つめる。

「ごめんね、今はそんな場合じゃないんだ、姉さん達が魔族の幹部と戦ってるんだ」

「……思いだしましたわ、お兄様に攻撃してきたあの塵。只ではすましませんわ！」

ゆらりとルシアナが立ち上がった。

それと同時に、今まで僕達の前にあった土の壁が、一瞬にして消え去った。

「ラゼル！　無事だったのですね。ああ、良かった、本当に良かった」

「よかったわ、もう二度と危険な目に遭わせないから、許してちょうだい」

壁が消えてすぐ、姉さん達が抱きついてきた。

心なしか、いつもよりも力がこもってて苦しい……

「苦しいよ……それに力がないのに、勝手についてきたのは僕なんだ、姉さん達は悪くないよ。気にしないで」

「そんなことありません。ラゼルを守るのは姉である私の使命なのです。気にしないでなんて、無理な話です」

姉さんは今にも泣き出しそうな顔をしていた。

こんな顔は見たくない。

姉さんにはいつも笑ってて欲しい。

「姉さん……」

「ちょっとぉ、私は無視ですか、お姉様!!」

悲しそうな顔の姉さんに、なんと言ったらいいかわからずにいると、ルシアナが間に入ってきた。

「おろ？　ルシアナではありませんか。よくラゼルを守ってくれました。ありがとうございます」

「久しぶりねルシアナ。元気だったかしら？」

「まったく、お姉様達がいて、何でこんなことになってるんですか？」

「ヒヒッ!!　俺も無視しないでくれよぉぉ!!」

その時、僕達の元へリバーズルの炎が放たれた。

リファネル姉さんが僕を抱えて左に跳ぶ。

「レイフェルト姉、ラナをお願い！」

「了解したわ」

レイフェルト姉がラナを抱えて右に跳んだ。

だが、ルシアナはその場から動く気配がない。

このままでは炎が直撃だ。

「姉さん！　ルシアナが……」

「あの子なら大丈夫でしょう」

どんどんと、炎がルシアナへと迫っている。

本当に大丈夫だろうか？

「潰れなさい」

ルシアナの怒気を含んだ声が聞こえた。

同時に、辺りが暗くなった気がした。

何事かと空を見上げると、巨大な『足』が出現していた。

ルシアナの魔術であろう、土で創られた巨大な足。

それがリバーズルと炎を踏みつけた。

ズシーンと大地が揺れた。

巨大な足がサラサラと、消えてゆく。

そこに残ったのは、巨大な足跡と、ペシャンコのリバーズルだけだった。

「ふぅ、お兄様に攻撃したことを地獄で悔いなさい」

リファネル姉さんの時と同じだ、相手を確実に仕留めたと思っている。

普通は首を落とされたり、ペシャンコになれば死ぬが、こいつは普通じゃない。

「ルシアナ！　油断しないで、そいつはまだ生きてる!!　どんな傷を負ってもすぐに再生するんだ」

潰れたリバーズルがモゾモゾと動き始めた。

先程と同じように、体が燃えだし、すぐに復活してしまった。

「ヒヒッ、とんでもねぇ質量の魔術だ！　それなりに名の知れた魔術師なんだろうが、俺は殺せねぇ!!　ヒヒッヒーッヒッヒッヒ――」

再びズシーンと、地面が揺れた。

ルシアナがまた同じ魔術を放ったようだ。

またリバーズルがペシャンコになった。

「よせ、そんな規模の魔術を何回も使っては、魔力が切れるぞ」

ファルメイアさんがルシアナを止める。

「お気になさらず、魔力量には自信がありますわ」

「しかし……」

「ヒヒッ、だからよぉ、何回やっても同じだって言って――」

三度、大地が揺れた。

リバーズルはまた巨大な足に潰された。

「だから、無駄だっ――」

ズシーン！

「てめぇ、いいかげ――」

ズシーン！

それからルシアナは、リバーズルが再生する度に、魔術を発動した。

何度も何度も。

流石のファルメイアさんも引き気味だ……

それが十数回繰り返された頃だった。

ルシアナの魔術が止まった。

「ヒヒッ、ハァハァ、流石に魔力が尽きたかぁ……？」

今までは余裕を崩さなかったリバーズルだが、若干息を切らしている。

「馬鹿が！　そんな規模の魔術をポンポン使って、魔力がもつわけがねぇだろ？　ヒヒッ、さぁそろそろ反撃させてもらうぜぇ！　今まで潰された分、じっくりと可愛がってやるよぉ！ヒヒッ！」

炎を纏い、ゆっくりとルシアナに近づいていく。

「あぁぁ、スッッッキリしましたわ！」

「んだぁ？　強がってんじゃねぇぞ、魔力が切れた魔術師なんざ普通の人間と変わらねえんだからよぉ！」

「いえ、簡単に殺してしまっては私の気が済まなかったのです。なんせ、お兄様を殺そうとしたんですから。でも、私の怒りもある程度治まりました。だから、そろそろ本当に死んでください」

ルシアナは両手を空に向けて、高く上げた。

するとその手を支えるかのように、ルシアナの羽織っていた白いローブの袖の部分が手の形状に変化した。

詳しいことはわからないけどあのローブは特別製で、ルシアナの魔力で思いのままに動くんだとか。

「ヒヒッ、なんだぁ？　お手上げってか？　言ってることとやってることが違うんじゃねぇか？」

「細胞ごとこの世から消滅させてあげますわ」

ルシアナは魔力によって手の形へと変化したローブと、自分の両手を思いっきり振り下ろした。

「『怨炎地獄《ヘル・グラッジ・フレイム》』」

「ぐぁっ!?」

遥か上空から炎の柱が、リバーズルに向かって落ちた。

随分と離れた所にいるにも関わらず、こちらにまで熱気が伝わってくる。

「お兄様ぁぁっ！　お兄様に危害を加えようとした塵は、私が責任を持って始末しましたわ！

さぁ、先程の続きを!!」

くるりとこちらに振り返り、僕の元へと走ってくる。

その間も炎の柱は炎々と燃え続けている。

続きって何だっけ？

「お兄様ぁ！　焦らさないで下さいぃ」

僕に頭を向けてくる。

ああ、成る程ね。

「はいはい。よく頑張ったね、ルシアナ」

差し出された頭を優しく撫でる。

頭頂部から突き出た二本のアホ毛が、ピョコピョコと動いた。

ルシアナいわく、普段は抑えてるんだけど嬉しかったり感情が高まったりすると勝手に出てきて動いてしまうらしい。

多分魔力が関係してるのかな？

不思議な現象だ。

「はぅぅ、幸せですわぁ！」

「ところで、あれはいつまで燃えてるの？」

「ん～、中々にしつこい奴でしたので、念のために三日くらいは燃やしておこうかなと思ってますわ」

それだけの間、魔力が持つことにビックリだよ……

けど、三日も燃やされ続ければいくらなんでも死ぬんじゃないかな？　いや、死ぬと信じたい。

「……あら？」

「どうしたの？」

ルシアナが急に炎の方へと振り返り、顔をしかめる。

「ごめんなさいお兄様、どうやら逃げられたようですわ」

気付くと炎は消えていた。

ルシアナが消したのだろう。

それにしても逃げられたって、どうやって？

「でも、近くに気配は感じないので、とりあえずは大丈夫だと思います」

逃げられはしたけど、シルベスト王国の危機は脱したようだ。

良かった。

けど、逃げたってことはあのままだと不味かったってことなのかな？

まぁ今は考えないでおこう。

「はぁー……」

僕は地面に背を付け、寝転がった。

今までで、一番長い夜だった。

＊

魔族の幹部、リバーズルがシルベスト王国を襲撃した翌朝。

僕は全身の熱さで目を覚ました。

なんだか体も重い気がする。

とりあえず、起き上がろうとするも。

「……あれ？　体が動かない……」

その理由はすぐにわかった。

僕のベッドの右側にはレイフェルト姉が居て、左にはリファネル姉さんがいる。

それぞれが僕の腕を抱え込むようにして、眠っている。

これだけならば、いつものことで慣れたものなんだけど。

いや、慣れるのもどうかと思うが……

僕はやけに重さを感じるので、もしやと思い、足でなんとか布団をどかしてみる。

……………どうりで重いわけだ。

僕のお腹の上で、妹のルシアナがスヤスヤと気持ち良さそうに寝息を立てて眠っていた。

しかも、全裸で……

一緒に寝るだけならば、百歩譲っていいとしても、せめて服は着て欲しい。

ルシアナも、年頃の女の子なんだから……

まぁ、昨日はルシアナのお陰で、シルベスト王国の被害も最小限に抑えられたことだし、今日だけは我慢しよう。

今日だけは。

あの後、魔族を追い払ったはいいが、火の手は広がり続け、どうしようもない状態だったのだ。

だけどルシアナが魔術で大量の雨を国中に降らせて、火は何とかおさまった。

誰も一人の少女が、魔術で降らせたなんて思わないだろう。

そんなこと、普通は不可能なのだから。

だが、ルシアナの魔力量は普通ではない。

雨がルシアナの魔術だと気付いたのは、ファルメイアさんくらいで、他の人々は、神様の奇跡だ、とか言って天に祈りを捧げていたっけ。

ファルメイアさんも、ルシアナの魔力量には驚きを隠せないといった感じだった。

人的被害についてだが、これも奇跡的に死者は出なかった。

吹っ飛んだ騎士団の人達を見た時は、何人かは死んだと思ったけど、炎が当たる寸前に、ファルメイアさんが魔術で炎の勢いを弱めていたらしいのだ。

そして、怪我をした人達を次々と、ヒリエルさんが回復魔術で治していった。

この二人の活躍の賜物だ。

勇者のヘリオスさんと、ハナさんは最後まで目を覚まさなかったけど……

これから暫くは、焼け崩れた家の復旧とかで忙しくなりそうだ。

もちろん僕も手伝うつもりだ。

この感じだと、当分はこの国に居座ることになりそうだからね。

国の人が困ってるのなら、助けになりたい。

ラナには少し怒られてしまった。

「ラゼル様を犠牲にして助かっても、私は嬉しくありません」なんて、泣きながら言われた時は焦ってしまった。

けど、あの状況でのあの判断を間違ってるとは思わない。

二人とも死ぬよりは、どちらか一人でも助かったほうがいいに決まってる。

「……はぁ、そろそろ起きてよ、皆……」

姉さん達に抱え込まれた腕は、すでに感覚がなくなりかけていた。

今日は一段と力が籠ってるせいか、腕の血が止まりかけてる。

お腹の上で眠るルシアナは、体温が異常に高く、正直暑苦しい。

「フフ、モテモテねラゼル」

「いや、みんな家族だからね……起きてるなら早く、その腕を離してくれると助かるんだけど」

最初に目を覚ましたのはレイフェルト姉だった。

「だ〜め！　もう少しラゼルをぎゅっとしたい気分なの」

まったく、いつもしてるだろうに。

新しい家では、絶対、絶対に一人部屋を確保してみせる。

僕は諦めて、もう一眠りすることにした。

この状態で寝れるかはわからないが、とりあえず目を閉じる。

昨日の出来事で、予想以上に疲れているのか、次第に意識が遠ざかっていく。

＊

時は少し遡る。

ここは魔族が棲む『マモン大陸』。

「ゼェ、ゼェ、クソがぁっ！　何なんだあの魔術師は！」

命からがら逃げてきた、満身創痍の魔族、リバーズルが不機嫌そうに叫んだ。

「あららら？　リバーズルじゃない、どうしたの？　確か、勇者パーティを潰してくるって言ってたけど、その様子を見るに、負けてノコノコ戻ってきたのかしらぁ？　プププッ、だっさぁい！」

「……ムムル、てめぇ……殺すぞ？」

「アッハハ、そんな状態で凄まれてもねぇ。で？　勇者パーティはどうだったのよ？」

リバーズルの傷だらけの姿を見て、心底楽しそうに笑う女。

褐色の肌をしていて、衣服は局部を申し訳程度に隠してるだけで、ほとんど裸に近い。

頭に生えている二本の角がなければ、人間と言われてもわからないかもしれない。

この女もまた、魔族の幹部の一人だった。

「はっ、勇者パーティはほとんどが雑魚だったぜ、一人厄介なエルフがいたくらいか」

「じゃあ何でそんな、ボロ雑巾みたいになってるのかしら？」

「うるせぇっ！　……冒険者かなにかはわからねぇが、とんでもねぇ魔術師がいたんだよ、まるで魔力が無限にあるかのように、大規模の魔術を連発してきやがった。それにそいつ以外の剣士も普通じゃなかった、俺じゃなけりゃあ瞬殺だったぜ」

「へぇ、貴方がそこまで言うなんて面白いわね。でも暫くは大人しくしてるのよ？　転移石は貴重な物で、残りも少ないんだから」

「わかってらぁ！　俺もまさか転移石を使うとは思ってなかったんだよ。だが、この借りは必ず返すぜ……ヒヒッ、覚えてろよクソ魔術師!!　ヒヒッヒーヒッヒッヒ!!」

「貴方、本当に気持ち悪いわね……」

マモン大陸に、リバーズルの笑い声が響いた。

第五章

「ん……」

本日二度目の起床。

さっきと状況が変わっていることを願いつつ、ゆっくりと目を開けた。

「おはようございます、ラゼル」

「おはようラゼル、可愛い寝顔だったわよ」

「お兄様ぁ、おはようございますぅ」

各々、朝の挨拶をしてくれるのはいいんだけど……

「……おはよう、の前に一つ聞いてもいいかな？　何で下着姿なのさ……」

さっきまでは、レイフェルト姉とリファネル姉さんは、確かに服を着ていた筈だ。

それが……なぜ？

僕が寝てる間に、いったい何が起こったんだ？

ルシアナは相変わらず全裸だけどさ……

「ふふ、ルシアナには負けてられないと思い、お姉ちゃん頑張ってみました」

何故か、どやぁっとした表情を浮かべるリファネル姉さん……

いやいや、そこは姉としてさ、妹の行動を注意してよ。

対抗してどうすんのさ……

「私はただ単に、ラゼルと密着したかっただけよ。さすがに、ルシアナみたく裸になるのは恥ずかしいけど」

驚いた。

でもよかった。

レイフェルト姉に、羞恥心なんてあったのか……

この二人まで裸だったら、僕は頭がおかしくなって、この部屋から逃げ出していただろう。

ルシアナは何ていうか……まだ子供っていうか、幼さが抜けきっていないし、小さい頃からお風呂に侵入してきていたからまだ耐えられる。

しかし、しかしだ！

僕は二人の姉を交互に見る。

この、出るとこが出てて、引っ込む所は引っ込んでる、所謂、ボンキュッボンなスタイルを誇る二人が裸だったなら、きっと僕は耐えられなかっただろう。

「……お兄様？　どうしてお姉様達ばかり見るのですか？　私を、私だけを見て下さい！　さぁ！」

両膝をベッドにつけ、両腕を大きく広げ、裸体を惜し気もなく晒すルシアナだが。

「いや、服着なよ。風邪引くよ？」

「話を逸らさないで下さい。それともお兄様はそんなに、大きい胸がお好きなのですか？　あんなのはただの脂肪ですわ、男の人は、胸に夢を見すぎです。ただの贅肉だというのに！　それに比べ、私を見て下さい！　この無駄のないボディを!!」

ジリジリと、こちらにすり寄ってくるルシアナ。

怖い怖い、目が怖いって。

いつもは綺麗な筈の蒼い瞳が濁ってる。

「なんなら、触れてみて下さい。私の良さがわかる筈ですわ！」

遂には、僕の鼻先に当たるか当たらないかくらいの距離に、ルシアナの胸部が迫ってきていた。

「いい加減にしないと、怒りますよルシアナ。ラゼルが困っているではないですか」

「そうよ、それに貴女のそれはひがみよ。自分がまな板だからって、よくないわよ？」

気のせいか、空気がヒンヤリとしたような……

「フフフフフ、まな板？　私が？　どうやら一番言ってはいけないことを言ってしまったようですわね……」

「あら？　本当のことを言っただけじゃない。そんな胸で抱きつかれたら、ラゼルが可哀想よ、すり減っちゃうわ」

今度は気のせいじゃない。

辺りの温度が急激に下がってる。

ていうか、部屋の隅が段々と凍り始めてる……

これもルシアナの魔術だろうか？

レイフェルト姉も、ベッドの横の剣を手に取り、構える。

「あーもう!!　二人とも落ち着いてってば、このままじゃ僕が凍死しちゃうよ!!」

なんだか昔を思い出す。

基本的に皆、仲は悪くないんだけど、稀にこういうことがあるんだよね……

それから何とか二人を落ち着かせて、朝食を食べに下に向かった。

＊

「おはようございます、皆さん！」

朝から眩しい笑顔で挨拶をしてくれるのは、この『ネコネコ亭』で働く、猫耳少女シルビーだ。

「おはよう、シルビー。昨日は大丈夫だった？」

「はい、幸いにもここまでは火も届かなかったようで、助かりました。勇者パーティが居てくれて良かったですね」

「そうだね、運がよかったよ」

そう、昨日の一件は、勇者パーティが活躍したことになっている。

それが一番丸く収まって、国民も安心するだろうと思ったからだ。

変に姉さん達が目立っても、この国で暮らしにくくなりそうだしね。

もう十分目立ってるような気もするけど、魔族の幹部を撃退したことに比べれば些細なことだろう。

あれ？　ドラゴンと魔族ってどっちが強いんだ？

「むむ？　そちらの方は？　また増えてます」

シルビーがルシアナの存在に気付いて、僕に聞く。

「ああ、僕の妹なんだ。宜しくね」

「わぁ、ラゼルさんの妹さんですか、可愛いですねぇ、宜しくです」

「宜しくですわ、ところで貴女はお兄様とはどういったかんけ――」

「はいはい、ただの友達だから。じゃあシルビー、いつもの朝食をお願い」

僕はルシアナの口を塞ぎ、テーブルへと連れていく。

僕のことは何でも知りたがる、悪い癖だ。

「はい、少々お待ち下さいねぇ」

シルビーはパタパタと小走りで、キッチンへと向かった。

友達って言ったけど、まだ知り合ってそんなに経ってないのに図々しかったかな？

結構喋ったりしてるし大丈夫だよね。

「で、ルシアナはもうラルク王国には戻らないの？」

昨日から聞こうとしてたことを、朝食を食べながら聞いてみる。

返ってくる答えはわかってるんだけどね……

「お兄様を追い出した所なんかに、戻るわけありませんわ」

「そういえば貴女達、国を出るとき誰かに止められたりしなかったの？　私はこっそりラゼルについてきたから平気だったけど」

レイフェルト姉が、デザートの果物をつまみながら聞く。

それは僕も思ってた。

この二人も、こっそりと出てきたのだろうか？

「私は国王に直接言って、堂々と正面から出てきました。何人か斬ったような気はしますが、あまりの怒りであまり覚えてないですね」

うわ、斬ったって……まぁ流石に命まではとってないとは思うけど。

……殺してないよね？

少し不安になってきた。

「私の時は、ファントムの奴が止めに来ましたわ。速攻でひねり潰しましたが」

ファントムっていえば、ラルク王国じゃ知らない者はいないくらい有名だ。

決して恵まれた生まれではないが、その貪欲なまでの強さへの執着で、王直属の護衛にまでのしあがった強者だ。

性格に多少問題はあるが、強さは本物の筈だ……

「ふ～ん、成る程ね。ま、そんなことはどうでもいいのよ」

え～……自分で聞いた癖に。

相変わらず自由な人だ。

「今私が一番心配なのは、昨日の戦いで家が燃えてないかよ！」

「家？　この宿で暮らしてるのでは？」

「フフフ、見くびらないでちょうだい。もうすぐ私達だけの家が手に入る予定なのよ！　仕方ないから貴女の部屋も用意してあげるわ。部屋は結構余ってたから」

「まぁ、それは素敵ですわ。ですが、心配無用です。私はお兄様の部屋で寝るので」

「それは駄目よ、ラゼルは私と同じ部屋だもの」

あんだけ部屋数があるんだ、一人一部屋でいいと思うんだ……。

＊

朝食を済ませた後で、僕は動きやすい服装に着替えて、外に出た。

魔族のせいで、焼けてしまった家だったり、崩れた擁壁などが散乱しているのだ。

朝から沢山の人達が、その片付けに手を割いている。

特に、魔族と対峙した付近なんかは酷いもんだった。

半壊どころか、全焼して跡形も残ってない建物も多い。

住んでいた人達は、今どうしてるんだろうか？

国が面倒を見てくれるといいんだけど。

で、今日はそのお手伝いってわけだ。

困った時は助け合わないとね。

きっとこういうのが、巡りめぐっていつか、自分に返ってくるものだと僕は信じてる。

姉さん達やルシアナは、面倒臭そうにしてたから僕だけで来ようとしたんだけど、気付いたら後ろにいた。

建物の残骸を拾っては、馬車の荷台に積む作業を延々と繰り返す。

姉さん達は僕の後ろに引っ付いて、適当に拾ってる。

そんな近くにいても意味がないからと、散らばってもらった。

渋々だが、各々散っていった。

「お疲れ様です。ラゼル様」

そんな時、声をかけられた。

この声はラナだ。

「お疲れ、ラナ………って、その格好はいったい……」

振り返り、ラナの姿を見る。

いつもの綺麗なドレス姿ではなく、僕達冒険者がするような格好をしていた。

顔には煤がつき、体もあちこち汚れてる。

「まさか、手伝ってたの？」

「ええ、皆さんが大変な時に、私だけ何もしないというのも心苦しいので。それに負傷して動けない人も多いので、人手が足りてないのです。こういう時こそ、王族とか関係なく手を取り合うべきだと私は思うのです」

驚いた。

いくら人手が足りないんだとしても、王女がこんな格好で一般人と同じく作業してるなんて。でもラナのそういう考え方は、正直好きだ。

素直に尊敬できる。

「それと、昨日はすいません。助けていただいたのに、あのようなことを言ってしまい……」

「大丈夫だよ、気にしないで。結果的に二人とも無事だったんだ」

「ありがとうございます、それと家の件ですが、もう少し待ってもらってもよろしいですか？少々バタバタしてましして」

「急いでないから、落ち着いた時でいいよ」

「そう言ってもらえると助かります」

レイフェルト姉が騒ぎそうだけど、多分大丈夫だろう。

「それと、お姉様……勇者パーティですが、もう少しこの国に滞在するようです。魔族が生きてた事実を知って、レイモンド王国への凱旋もなくなりました」

倒したと思ってた魔族の幹部が生きてたんだ、必然とそうなるか。

幹部相手にこの有り様だ、魔王討伐なんてできるのかな？

今後の旅を思うと、ファルメイアさんが大変そうだ……

「では、私はこれで失礼します。一度王城へ戻ります。詳しくわかり次第、宿に使いを出しますね」

そう言ってラナは帰っていった。

「……お兄様？　今のは誰ですか？　随分親しそうにしてましたが？」

ルシアナが僕の腕をクイクイと引っ張っていた。

ビックリした、いつの間にいたんだ？

「ラナはこの国の王女様だよ、一度助けたことがあってね、それで知り合ったんだ」

助けたのは、姉さん達だけどね。

「そうですか。ですがあまり他の女ばかり見ていては嫌ですわ。せっかく久しぶりに会えたんです、もっと私に構って下さい」

「はいはい、片付けが終わったらね」

「約束しましたよ。私の魔術で速攻終わらせてあげますわ」

「え？」

それからのルシアナは凄かった。

どういった魔術かはわからないが、次々と建物の残骸を浮かして移動させていった。

重くて、中々持ち上がらない物も軽々と浮かしていた。

これなら、片付け自体はすぐに終わりそうだ。

ありがたいんだけどさ、こんなことができるんならもっと早くやって欲しかったな……

ルシアナの活躍もあって、片付けは本当に一日で終わってしまった。

残りは建物等の復旧だが、それは僕達ではどうにもできないので、本職の方に任せる。

とりあえず、やれることはやった。

あとは何事もなく、復旧作業が終わるのを願うだけだ。

今日は帰ろう。

姉さん達と合流して、宿に戻った。

とにかくお風呂に入って、汗と汚れを流したい。

*

「ふひぃ～、気持ちぃぃぃぃ」

今日一日の汚れを、疲れとともにお湯で洗い流す。

片付けを手伝っただけだが、いろんな人にお礼を言われた。

こういうのも悪くないね。

もう少し早くルシアナが魔術を使ってくれてたら、ここまで汚れなかったんだけどなぁ……

僕は、中々落ちない頑固な汚れをゴシゴシと擦る。

「お兄様ぁ、湯加減はいかがですか？」

ガラガラとドアが開き、ごく自然に、さも当然のようにルシアナが風呂場へと入ってきた。

場所が場所なので、もちろん裸だ。

いや、ルシアナは風呂場じゃなくても裸の時があるけれど……

「……これから湯船に入るところだよ。ところでルシアナ？　なんで裸なんだい？」

「フフフ、何を仰いますか。お風呂とは裸で入るものですわ。お兄様も冗談を言ったりするんですね」

僕が聞きたいのはそういうことじゃないんだけど……

「ただでさえこの宿のお風呂は狭いんだ、二人でなんて入れないよ」

この宿のお風呂は一人用なので、二人で入るには、本当にピッタリとくっつかなければならない。

「そんなこと言わずに、さぁ背中を流しますわ」

狭いのなんて関係ないといわんばかりに、グイグイと近付いてくる。

ちょ、あたってる、あたっちゃいけないものが当たってるって……

おかしい、昔は確かに、風呂場へとよく侵入してきたが、最近は落ち着いていた筈なんだけどな。

というより、いくら兄妹でもせめてタオルくらい巻いたらどうなんだ。

「近い近い近い、近いって!!　裸の状態でそんなグイグイきちゃ駄目だってば。ルシアナも女の子なんだから、慎みというものをもう少し持ってよ」

「あぁ、お兄様の体……ハァハァ、私の、私だけのお兄様。あぁぁ、もうたまりませんわ！」

駄目だ、聞いちゃいない……

どんどんと、湯船の方へと追いやられていく。

仕方ない……こうなったら奥の手を使うしかない。

スゥー。

思い切り息を吸って叫ぶ。

「姉さ～ん、助けてぇ!!」

叫んでから、リファネル姉さんが来るまでは早かった。

本当に一瞬で来てくれた。

ストンッ
姉さんのチョップが、ルシアナのうなじへと振り落とされた。

「ではラゼル、ごゆっくり」

そういって、気を失ったルシアナを抱えて、風呂場をあとにしたリファネル姉さん。

去り際に、僕のことを舐め回すようにジロジロと見てたような気がするけど、気のせいだろう。

多分……。

まったく、ルシアナの暴走も困ったもんだ。

まぁ、そこが可愛くもあるんだけどね。

けど、できればもう少し自重してもらいたい。

＊

「風が気持ちいいなぁ」

湯船に長い間浸かり過ぎてしまったので、熱を冷ますため、一人外に出た。

火照った体に、夜のヒンヤリとした風が心地いい。

少し散歩してみようかな。

火照った体が冷めるまで、少しぶらぶらすることにした。

「……うわぁ、綺麗だな」

橋の上から、シルベスト王国に流れる川を見下ろす。

昼間に見てもなんとも思わなかったけど、夜に見るとまた違って見えた。

川に月の光が反射して、その回りをキラキラと光る蛍が飛んでいる。

すごく幻想的で綺麗だ。

なんか得した気分になる。

そのまま川沿いを、進んでいく。

進めば進むほど、蛍の数も増えていってる気がする。

「あれ……？　ラナ？」

「え……ラゼル様!?」

蛍の後を追うようにして、川沿いを進んで行くと、ラナが川を眺めていた。

まるで、ラナと戯れるかのように、グルグルと沢山の蛍が飛んでいる。

それにしても、何でこんな時間に、こんな所に？

王城からはそこそこ距離があるはずだけど。

「何故こんな所に？」

「僕は風呂上がりで、夜風にあたりにきたんだ。蛍を追ってきたら随分と長い距離歩いてたけどね。そんなことより、ラナは？」

「…………私も、夜風にあたりたい気分だったんですよ」

そう言うラナの表情は、何か思い悩むような、疲れたような、元気のない感じだった。

「もしかして、お姉さんのこと？」

何となくそんな気がしたので、聞いてみた。

この前の様子だと、相当仲が悪いのは明白だ。

「…………」

ラナは一度僕を見たあとで、何かを言おうとして、けれど言葉は出ず、そのまま俯いてしまった。

しまった、いきなり図々しかったかもしれない。

いくら仲が良くなったといっても、相手は王女様なのに……

ラナの隣に立ち、一緒に川を見る。

僕が近付いても蛍は逃げたりせずに、変わらずラナの周りをグルグルしている。

「…………」

「…………」

しばらく無言のまま時が過ぎた。

何か喋りかけようかとも思ったのだが、ラナの表情を見てやめた。

なにかに落ち込んでるのは間違い無さそうだ。

ここで、慰めや励ましの言葉を言うのは簡単だけど、落ち込んでる理由もわからない僕が言っても、気休めにしかならないだろう。

「知ってますか？　この蛍、魔力に反応して近づいてくるんですよ」

先に沈黙を破ったのはラナだった。

「そうなんだ、初めて知ったよ」

ラルク王国にも同じ生物が生息していたが、魔力に反応するなんて知らなかった。

ルシアナだったら知ってたかもしれないけど。

ん？　てことは……

「ラナは魔術が使えるの？」

人間は、生まれながらにして魔力を宿してるが、それを外に出すことができるのは魔術師と呼ばれる才能ある者だけだ。

ほとんどの人は、身体強化といって、体の内側を巡らせることしかできないはずなのだ。

もしラナの言ってることが本当なんだとしたら、今ラナの周囲には魔力が溢れ出てることになる。

「ふふふ、私は魔術師ではありませんよ。私にできるのは、体内の魔力を外に放出するくらいです。お姉様と違って、私にはなんの才能もありませんから」

それでも十分凄いと思う。

普通の人は、それすらもできないのだから。

「でも、魔力を出せるなら、訓練次第では使えるようになるんじゃないかな？」

「訓練ですか……したこともありますよ。幼い頃ですがね。――ラゼル様、少し昔の話を聞いてもらえませんか？」

「僕で良ければ」

それで少しでも、ラナが元気になるのなら喜んで聞こう。

「といっても、大した話ではないのですが。私達姉妹に、魔術の才能があるかも知れないとわかったのは、まだ二人とも幼い時期でした。魔術師とは希少な存在です。その才能が娘にあるとわかった父は、魔術師の先生を私達につけました。魔術が使えれば、自分の身を守ることもできるし、国の役にも立つかもしれない。そんな力が自分にあるかもしれないとわかって、私は嬉しかったのです。ですが、それは最初だけでした……」

そこで一拍おいて、ラナは川の蛍を眺めた。

そして言葉を続ける。

「姉は天才でした。一度教えられたことはすぐになんでもできてしまい、私との差は一瞬で開きってしまいました。どんなに頑張っても追い付けない程に。昔はお姉様も優しかったんです。落ち込んでいる私を励ましてくれたり、訓練にも付き合ってくれました。ですが、その時の私はそれが鬱陶しく感じてしまい、姉に強く当たってしまったんです。きっと、嫉妬してたんでしょうね。自分にはないものを持ってる姉が、天才といわれる姉が、羨ましくてしょうがなかった」

天才と呼ばれる姉か……僕に似ている。

どんなに努力しても、決して埋まらない差。

才能という壁。

これは本当に残酷だ。

「お姉様もああいう性格ですから、私達の仲は時間とともに、どんどん険悪になってきました。最初の訓練から一年ほどたった頃、私は魔術を諦めました。その頃にはお姉様は、魔術だけではなく剣術の訓練も始めていて、そこでも才能を発揮していました。周囲の人達には『神童』なんて呼ばれて、期待されていました。認めるしかなかった。私には才能がないんだって。それからは、せめて国の王女らしくあろうと振る舞うようにしました。お父様は才能のない私にも、変わらず優しく接してくれました」

ここが僕との、一番の違いかもしれない。

だって僕の場合は、弱いからって、父に追放されたもんね…………

「結果的に、国民からはある程度慕われるようになったと思います。けれど、騎士団や貴族の方達はお姉様のことばかりでした。何をしてもお姉様と比べられ、だんだんと嫌気がさしてきました。そんなときでした。お姉様が勇者パーティにスカウトされたのは。私は嬉しかった、お姉様がこの国を出れば比べられることもなくなると、そう思ってました。お姉様が国を出てから、私は前よりも必死に頑張りました。第一王女という立場を、奪い取るくらいの気持ちで頑張りました」

ラナの表情は、話を進める度にどんどん暗くなっていく。

「そして今回、久しぶりにお姉様がシルベスト王国へと帰ってくることになりました。その時の、騎士団や貴族、周囲の喜びっぷりを見た時に悟りました。私はお姉様に勝つことはできないと。あの時私は、隣国の『ゼル王国』へと用事があったのですが、騎士団の方々を護衛に連れていくのを躊躇ってしまいました。皆、自分の主人を待つ犬の如く、お姉様の帰りを心待ちにしていたから」

成る程ね、それであの時、冒険者を護衛に雇ってたのか。

「ラゼル様達が居なかったらと思うと、今でもゾッとします」

そう言って、ラナは自分の身体を抱くようにして、ブルッと震える。

「ですが、昨夜の魔族の襲撃で、倒れてるお姉様を見た時に、思ったのです。上には上がいて、下には下がいる。当たり前のことですが、そんなことにすら気づけないくらい、私の視野は狭まってたのです。そして、昔の優しかったお姉様を思い出してしまいました。お姉様は私に歩み寄ろうとしてくれていたのに、醜い嫉妬心で嫌な態度をとって、私は……私はどうしようもないくらい駄目な女です……」

涙を堪えながら、鼻声になって話すラナ。

どうしよう……こういう時、なんて言葉をかければいいのかわからない。

僕の周りの女性は、あらゆる面で『強い』人達ばかりだったから。

ラナみたいなタイプの人も一人だけいたけど、もう居ない。

居なくなってしまった。

「……ラナは僕と似てるね」

自然とそんな言葉が出ていた。

話を聞けば聞くほど、ラナが自分と重なってしまったからだろう。

「……私とラゼル様が？」

「いや、ラナに比べたら、僕なんてたいしたことないかもしれないけどさ。少し僕の話も聞いてもらえるかな？」

言葉はなく、黙ってこくりと頷きこちらを見る。

僕は自分のことを話した。

ラルク王国出身ということ、追放されたこと、才能がないこと、天才といわれる姉達のこと。

言葉にすると、中々込み上げてくるものがあった。

あれ？　僕って結構不幸じゃないか？

そもそも、いくら弱くて才能がないからって、普通、実の息子を追放するか？

まぁ、あそこは普通の国じゃなかった、それだけの話なんだけど……

それでも僕が絶望しなかったのは、姉さん達やルシアナがいたからだ。

優しくしてくれたから。

元々の前向きな性格もあってのことだろうけど。

別に不幸自慢をしたいわけじゃない。

ただ、ラナが自分のことを話してくれたのが嬉しかったのか、僕も自分のことを話したくなった。

それだけだ。

この後、ラナがどういった反応をするかはわからないが、僕は今までのことを話してスッキリしていた。

「…………辛い思いをしてきたんですね」

ラナは驚いた顔をしていた。

「それに、ラゼル様は王族の方だったのですね」

驚いてる原因はそれか。

でも違うんだよね。

「いや、ラナも知ってると思うけど、僕のいたラルク王国は実力主義の国だからね。国王の息子に生まれようとも、何もなかったよ。そもそも王族だから特別なんていう考えが存在しない。弱ければ意味がない。それだけだよ」

そう、きっと姉さん達も弱ければ、僕と似たようなことになっていたに違いない。

そういう国だ。

「……何故、ラゼル様はそんなに前向きなのですか？　初めて会った時から今まで、落ち込んでるようには見えませんでしたが」

僕自身、追放された日の夜には、立ち直ってたからなぁ。

何で前向きなのか、そういえば考えたことはなかったな。

でもあえて言葉にするのなら。

「だって勿体ないでしょ？」

「勿体ない……？」

「そうさ。終わったことをいつまでも悔やんでても仕方ない。悩んでどうにかなるなら悩めばいいけど、そうでないのなら無駄な時間だと僕は思うんだ。割り切れない人も当然いるだろうけど、僕はそうやって、あらゆる理不尽を乗り越えてきたつもりだよ。ウジウジ悩んでる時間が勿体ないよ。人は少し考え方を変えるだけで、見える景色も変わってくるものだしね」

人によっては、それを「逃げ」という人もいるだろう。

でもそれでいいんじゃないかな。

辛いことやどうしようもないことからは、逃げてもいいと思う。

もちろん、世の中には絶対に逃げちゃ駄目な場面もある。

けど、だいたいのことは過ぎてしまえば、大したことなかったりするもんだ。

「と、偉そうに語ってはみたけど、これは僕の考えだから、あまり真に受けないでね。人それぞれ考え方は違うからね」

「ふふっ、ふふふふ……あはははは っ――」

ラナが急に笑いだしてしまった。

僕、なにか可笑しいことといったかな?

「――大丈夫、ラナ?」

結構長い間笑っていたので、心配になり、声をかけた。

「ふふ、すいません。ラゼル様の考え方が、前向き過ぎてつい。私よりも酷い目に合ってるのに、全然元気なんですもの。なんだか自分の悩みが、急に小さなことに感じてしまいました」

ラナの表情が、少し明るくなった。

別に笑わせようとしたわけじゃないんだけど……

まぁ元気になったのなら良しとしよう。

「また、助けられてしまいましたね」

「助けただなんて、大袈裟だよ。僕は話を聞いて、自分の考えを言っただけだからね」

根本的な解決には至ってない。

でもそれでいいと思う。

本人がその出来事について、前向きに考えられるようになればいいのだ。

そうすれば、時間がそのうち解決してくれるさ。

多分……

「私がそう思ってるんです。それでいいじゃないですか。本当にありがとうございます」

「どういたしまして」

素直に感謝を受け取っておくことにする。

「それでは、私はそろそろ戻りますね。ラゼル様も体が冷えないようお気をつけ下さい」

ラナが帰っていく。

あの様子なら、もう大丈夫だろう。

ラナの背中を見送ってると、クルリとこちらに振り返った。

まだ何かあるのかな？

「……上手くは言えないんですけど、その、えーと、……………私はラゼル様のことを、大変好ましく思っておりますっ！！！」

それだけ言うと、顔を真っ赤にして小走りで行ってしまった。

気づけば、蛍もいなくなっていた。

今のはどういう意味だろうか？

きっと、友人としてだろうけど、一瞬ドキッとしてしまった。

＊

「あぁぁ～、私は何てことを言ってしまったんでしょうか……あれでは好きって言ってるようなものではありませんか……」

私は自室のベッドへと顔を伏せ、一人で叫んでいた。

先程のことを思い出すと、顔から火が出そうです。

顔が赤くなったのが、バレてないといいのですが……

それにしても、何故私はあんなことを言ってしまったのか。

恥ずかしいです。

初めて会った時、盗賊から助けて貰ったときの第一印象は、男の人にこう言うのも何ですが、可愛らしい、優しそうな人という感じでした。

パーティーの最中には、お姉様との言い合いから私を庇ってくれた。

あの時からもしかしたら、気になってたのかもしれません。

そして、昨夜の魔族の襲撃の際、自らの命をかけてまで私を助けてくれた。

本人はそんなつもりなかったのかもしれないですが、私は嬉しかった。

余りの出来事に、その時は怒ってしまいましたが。

だって私のせいでラゼル様が死んでしまったのだとしたら、きっと私は立ち直れなかったと思うから。

極めつけは、ラゼル様の過去を聞いた時です。

あれだけ辛い目に合ってるにも関わらず、そんな面を微塵も見せない。

そんな姿が、生き方が、私にはどうしようもなく眩しく映ってしまった。

多分、いえ、間違いなく私はラゼル様のことが気になっている。

だって、ラゼル様を思うと、胸がドキドキと高鳴り、顔も火照ってしまい、堪らなくなるのです。

それであんなことを言ってしまったんでしょうね。

それに、リファネルさんとレイフェルトさん。

盗賊から助けてもらった時から、只者ではないと思ってましたが、まさかラルク王国出身とは。

しかも『剣聖』と呼ばれている人だとは、思いもしませんでした。

どうりで強いわけです。

ドラゴンを討伐できたのも納得です。

お姉様達ですら勝てなかった、魔族の幹部を撃退したことには驚きましたが。

あの白髪の綺麗な女の子も、ラゼル様と親しい方なのでしょうか？

あの質量の魔術を連発していたのを見るに、普通じゃないのはわかりますが……

魔族の一件は、結局勇者パーティが撃退したことになりました。

ラゼル様達もそれを望んでいました。

余り注目されても、この国で住みにくくなると仰ってましたが、ドラゴンの時点で十分注目されてると思います……

せめて、お父様にだけは事実を告げたいです、そうすれば何かしらの褒美があるかもしれません し。

そうすれば、もっと豪華な家も手に入るかも。

ファルメイア様に相談してみましょうか。

ラゼル様は、家を買ったらあの女性達に囲まれて暮らすのでしょうか。

姉弟とは言ってましたが、余りに仲が良すぎな気もしますが。

ラゼル様は何とも思ってないのかもしれませんが、レイフェルトさんとリファネルさんの雰囲気からは、私に近しいものを感じました……

考え過ぎですね、姉弟ですもの。

私は何を考えているんでしょうね、気になる人の身内にまで嫉妬心を抱きそうになってました。

それはさておき、次ラゼル様にお会いした時、顔が赤くならないか心配です…………

＊

「ただいまぁ〜、ックシュン」

ラナと話し終わった後、宿に戻ったはいいけど湯冷めしたかもしれない。

風邪引いてないといいけど。

「どこに行ってたのですかラゼル？　心配したんですよ」

「少し涼みに外に出てたんだよ。そしたら偶々、ラナが居てさ。少し話してたんだ」

こういうのは先に言っといた方がいい。

後でバレると、面倒臭いことになりかねない。

別に、悪いことしてるわけじゃないんだけどね。

「そうだったんですか。でも駄目ですよ？　こんな時間に異性と会うだなんて。ラゼルにはお姉ちゃんがいるではないですか」

相変わらず心配性だな、リファネル姉さんは……

「まさか、変なことしてないでしょうね？」

「……してないよ。てか、変なことって何さ……」

レイフェルト姉は、すぐにそっち方向に持ってくんだから。

困ったもんだ。

「ふふふ、わかってるクセに」

ニマニマと、妖艶な笑みを浮かべながら、頬っぺたをツンツンしてくるレイフェルト姉。

「ん、んぅ……お兄様ぁ？」

少し声が大きかったかもしれない、ルシアナが目を覚ましてしまった。

「あれ？　いつの間に眠っていたんでしょうか？　まぁいいですわ、お帰りなさいませ、お兄様！　何処に行ってたんです？」

寝起きにも関わらず、テンションの高いルシアナは、起き上がって早々、僕の元へと飛びついてきた。

姉さんが着せてくれたんだろう。

今回は服を着た状態だった。

常に全裸ってわけじゃないんだけど、何か裸のイメージが強いんだよね……ルシアナは。

「……お兄様から、別の女の匂いがしますわ……」

僕に抱きつきながら、鼻をクンクンさせ、ジトッとした目を此方へと向けてくる。

あれ？　前にもこんなことあったような……

なんでみんな、こんなにも鼻が利くのだろうか？

「この匂いは、昼間会った女のものですわ。確かラナといいましたね。お兄様、何でこんな時間に会ってたんです？　まさか、私という者がありながら、浮気ですか？　どうなんですか？」

浮気も何も、ルシアナは僕の妹でしょ……

僕が、誰と会おうとも関係ない筈なんだけれど……

ルシアナの目を見る。

うっすらと淀んでいる。

こういう時のルシアナには何を言っても無駄か……

「散歩してたら、偶々鉢合わせただけだよ。別に何もしてないさ」

「当たり前ですわ。もし何かしていたのだとしたら、私はきっと、おかしくなってしまいますわ！」

もう十分、正気じゃない気がするけど……

その間も、僕に抱きつく力はどんどんと強まっていく。

「ちょ、そろそろ苦しいって」

「駄目です、お兄様から違う女の匂いがするのは許せません。私で上書きしないとですわ」

体全体を、スリスリと僕へ擦り付ける。

「……助けて」

僕は最後の手段として、姉さん達へ視線を向けた。

「今回はラゼルが悪いです。もう少し、ルシアナに付き合ってあげて下さい」

「そうね、ラゼルが悪いわ。夜にラナとこっそり会ってたなんて……お姉さん悲しいわ。シクシク……」

レイフェルト姉の、わざとらしい泣き真似を見て思った。

僕、何も悪いことしてないよね？

これは、みんなを落ち着かせるのに時間がかかりそうだ……

＊

それから三日ほど経った。

国はすっかり元通り。

とはいかないが、着実にいい方向に進んでる。

僕は特にすることがなかったので、なんだかんだずっと剣を振っていた気がする。

一回だけ一人でゴブリンの討伐に行こうとしたんだけど、当然の様に姉さん達もついてきた。

お陰で僕は、一度もゴブリンと戦えなかった。

姿が見えたと思ったら、首が飛んでるか、ぺしゃんこに潰れてるんだもん。

修行にすらならない。

だから外で一人剣を振ることにした。

「ふぁ～、スッキリした」

鍛錬を終え、お風呂で汗を流す。

やっぱり体を動かすのは気持ちがいい。

ルシアナはあれ以降、風呂場に入ってこない。

正確には、入ってこれないの方が正しいか。

姉さん達が目を光らせてくれている。

どうせなら、みんなして僕のベッドへ潜り込んでくるのもやめてほしいけどね…………

「すいませーん、ラゼルさん居ますか？　お客さんが来てますよ」

部屋のノックと共に、シルビーの声が聞こえた。

誰だろうと思いながらドアを開けると、シルビーの横にはラナが立っていた。

もしかして、家のことかな？

「こんにちは、皆さん。この前の家の件で来ました」

「もう待ちわびたわ！　いい報告なんでしょうね？」

レイフェルト姉が真っ先に食いついた。

「とりあえず、立ち話もなんだし部屋に入ってよ」

ラナを宿の一室へ招き入れる。

シルビーは、仕事があると言って戻っていった。

「では、失礼します」

「ちょっと貴女、この前お兄様と夜に会っていたみたいですけど、どういう関係なんですか？」

ラナが部屋に入って早々、ルシアナが両腕を組みながら、敵意を迸らせている。

ほとんど初対面なんだから、自己紹介くらいしてほしい。

「この前の夜…………」

ポッと、ラナの顔が一気に赤く染まった。

「お兄様……？」

「ラゼル、この前は何もないと言っていたではないですか？　お姉ちゃんに嘘をついたんですか？」

「嘘はよくないわよ。さぁ、ナニしてたのか白状なさい」

ラナの真っ赤な顔を見て勘違いしたのか、ジトーっとした目で三人が僕を見てくる。

あれ？　本当に何もなかったはずなんだけど……

「いやいや、そんな目で見ないでよ、本当に何もないって。偶々会って、少し話をしただけだってば。ね、ラナ？」

「え、ええ、何もありませんよ」

そんだけ動揺してたら、本当に何かあったみたいに見られちゃうよ……

「ほら、ね？　そんなことより、家の話をしようよ。そのためにきてくれたんだし、ね？」

これ以上話が変な方向へいく前に、元の話題へと戻す。

「まぁ、気にはなりますが、今回はお兄様を信じますわ」

「ラゼル様、そちらは？」

「そうだった、二人はちゃんと会うのは初めてだよね？　妹のルシアナだよ。ちょっと過激な所もあるけど、根はいい子だから宜しくね」

「まぁ、妹さんでしたか。初めまして、私はラナと言います。一応この国の第二王女ですが、気軽に接して下さいね」

何故か妹と聞いた瞬間、ラナの顔が晴れやかになった気がした。

「ええ、宜しくお願いします。貴女とは今度じっくりとお話ししたいですわ」

「是非とも」

二人がどんな話をするのか気になる。

意外と気があったりしてね。

兄としては、ルシアナに普通の友人ができるのは嬉しい。

「で、家はどうなったのかしら？」

「はい、そのことなんですが。一度お父様の所に来ていただけませんか？」

そういえば、結局ドラゴン討伐のお金も、もらい損ねたままだ。

「実はファルメイア様が、お父様に本当のことを伝えてくれたのです。そしたら直接お礼をしたいという話になりまして。家はほぼ間違いなく手に入りそうなので、ご安心を」

本当のこととは、魔族を撃退したのが勇者パーティではなく、姉さん達ということだろう。

王様もファルメイアさんが言うのなら、信じないわけにはいかなかったんだろう。

「なら良かったわ。これでやっと、この宿ともサヨナラできるわね」

レイフェルト姉は、本当に嬉しそうにしている。

一番最初に家が欲しいって言ったのも、レイフェルト姉だしね。

こんなにすぐ実現するとは思わなかったけど。

「やっと広いお風呂に入れそうです」

「はい、これでやっとお兄様と一緒にお風呂へ入れますわ」

いや入らないから。

お風呂が狭かったから、一緒に入らなかったわけじゃないからね？

またラナが、顔を赤くしてこっちを見てるし……

「ルシアナ……ラナに誤解されるから、変なこと言わないでよ」

「変なことなんて言ってませんわ、この前だって一緒に――」

僕は慌ててルシアナの口を塞ぐ。

この歳で妹とお風呂とか、絶対におかしいからね。

「王様の所には、いつ頃行けばいいの？」

「ラゼル様達さえ良ければ、すぐにでも。下に馬車も来てます」

僕達は急いで用意をして、王城へと向かった。

＊

王城へ着くと、この前ファルメイアさんと話した部屋に案内された。

ここはちょっとした、会議室みたいな所なのかもしれない。

「おお、よく来てくれた。遠慮せずに座ってくれ」

「はい、失礼します」

部屋の中には、既に国王様がいる。

あと、なぜかファルメイアさんも。

この前のパーティーで見たけれど、こうして間近で会うのは初めてなので、緊張する。

こんな服装で大丈夫だったのかな？

僕達は全員、普段通りの格好で来ている。

パーティーの時のように、スーツとドレスの方がいいんじゃないかと思ったんだけど、ラナが大丈夫って言うから、お言葉に甘えさせてもらった。

まぁ、僕達が冒険者ってことも知ってるわけだし、この方が自然かもしれない。

「まずは、国を代表してお礼を言わせてくれ。よくぞこの国から、魔族を撃退してくれた。お主達が居なかったら、今頃はみんな死んでたかもしれない。ありがとう」

国王様が頭を下げて、僕達にお礼を言う。

魔族は勇者パーティが撃退したことになってるが、国王様には、ファルメイアさんが説明してくれたみたいだ。

それよりも、いくら魔族を撃退したといっても、国王が冒険者なんかに頭を下げてることに驚いた。

「顔を上げて下さい。それよりも死者が出なくてよかったです」

僕が代表して答える。

馬車の中で、そういうことに決まった。

姉さん達に任せたら、どんな失礼なことを言うかわからないからね。

「それもお主達のお陰だ。これはこの前渡しそびれた、ドラゴン討伐の褒賞金だ、受け取ってくれ」

そう言うと、執事の人が机にドサッと大きな袋を四つ置いた。

あれに全部お金が入ってるとなると、相当な額になる。

「こんなにいただいていいんですか？　いくら何でも多すぎる気がするのですが」

「これには、魔族を撃退してくれたことへのお礼も含まれておる。遠慮せずに受け取ってくれ」

……これだけのお金があれば、もうギルドで依頼を受けなくても暮らしていけそうだ。

「わかりました、ありがとうございます」

「それと、ラナから頼まれておった家の件だが、あれも受け取ってくれ。もちろん金はいらん」

なんと、家までタダで手に入ってしまった。

至れり尽くせりだ。

「その代わりと言ってはなんだが、お主達に少し頼みがあるんだが」

だと思った。

そんなに全てが上手くいくことなんてないよね……

無茶な頼みじゃなければいいけど。

「なんでしょうか？　僕達にできることなら、無茶なことでなければ大丈夫ですが」

「なに、そこまで無茶なことではない。できれば、このままこの国に住んでもらいたいだけだ。もちろん、ギルドの依頼でこの国を離れることもあるだろう。だが、一応シルベスト王国を拠点にしてくれればいいのだ。どうだ？」

え、そんなことでいいの？

どっちみち僕達は、この国に暫く居る予定だったし、なんの問題もないけど。

何故だろうか？

「ふん、こやつはお前達の力が欲しいのだろう。この国に居てくれさえすれば、この前のようなことが起こっても安心だからな」

僕が何故かと考えていると、今まで黙ってたファルメイアさんが口を開いた。

「ちょ、ファルメイア様、そんなストレートに言わなくても……」

「ええい、黙れ」

ファルメイア様が、コツンと王様の額を小突いた。

流石、何百年も生きてるエルフだ……

「ファルメイアさん落ち着いて下さい、僕達は大丈夫ですから。元々この国に住もうとしてたんで」

「そうか……妾としては、やはり一緒に来てもらいたかったが、仕方ないか……」

やっぱり、まだ諦めてなかったのか。

そのためにここに居たのかも。

「すいません」

「なに、まだアテはある。そっちをあたるとしよう」

「他にも強い知り合いが居るんですか？」

「ああ、性格に問題はあるが、実力は確かだ。今はSランク冒険者とか言ってた気がするが。まぁ、とりあえずは訪ねてみるさ。今のままではマズイからな」

Sランク冒険者か……ファルメイアさんが認めるってことは、やっぱり凄い人達なんだろう。

味方になってくれるといいけど。

「家はすぐにでも使ってくれて構わない。これから困ったことがあったら、私に言ってくれ。なるべく力になろう。ラナも君を気に入ってるようだしな」

「お、お父様！　急に変なこと言わないで下さいっ!!」

またラナの顔が真っ赤になった。

何をそんなに照れてるんだろうか？

ん？

視線を感じて横を見ると、姉さん達が冷ややかな目で僕を見ていた。

え？　僕、何もしてないよね？

その後は、軽く取り留めの無い話をしてから、帰ることになった。

国王様は僕達が、ラルク王国出身だと知っていた。

ファルメイアさんが口を滑らせたらしい。

特に問題もないので、何も言わなかったけど。

引っ越しに関しては、明日することになった。

帰り道の馬車で、僕はどうやって自分の部屋を確保するか考えていた。

そう、僕の戦いはこれからなのだ。

＊

「僕は一人部屋が欲しいんだけど」

あれこれ考えてはみたが、この姉妹を納得させるだけの案を、思いつくことができなかった。

ので、ストレートにお願いすることにした。

姉さん達も、僕が真剣にお願いすればわかってくれる筈だ。

第一、この歳で一緒の部屋っておかしいよね？

世間一般の姉弟のことはわからないが、ここまでベタベタはしてないと思うんだ。

部屋数が少ないとかなら、まだわかるけど。

「それはいくらラゼルのお願いでも、駄目です。ラゼルはお姉ちゃんと一緒に居るべきだと思います」

「駄目よ。リファネルはいいとしても、私は絶対同じ部屋よ。もうこれは決まってることなのよ？」

「はい、駄目ですわ。お姉様達は放っておいてもいいですが、私は構ってくれないと、寂しくて魔力が暴走するかもですわ」

見事に全員に断られてしまった。

ルシアナに至っては、もはや脅しだと思う……

「……じゃあ、せめて寝る時は各々、自分のベッドで寝てもらってもいいかな？」

もう同じ部屋になるのは、決まってるらしいので諦める。

この際、一緒のベッドじゃなければいいさ。

「それじゃ同じ部屋の意味がないじゃない。それも却下よ」

「ええ、そんなことになったら、ラゼル成分欠乏症になってしまいます」

そんな病名、初めて聞いたよ……

「私も、お兄様の匂いを全身に染み込ませないと、落ち着かないですわ」

だからって全裸になるのは、本当にやめて欲しいんだ……

はぁ、駄目だこれ。

やっぱり、僕が何を言っても変わらない。

「…………わかったよ」

こういう時は、諦めが肝心だ。

ちょっと前までの、絶対に一人部屋を手に入れるという僕の決意は、早々に散っていった。

＊

引っ越しは明日なので、今日は宿に泊まるのだが、最後になりそうなのでシルビーにお別れの挨拶をしようと思う。

この前、シルビーに似合いそうな髪留めを見つけたので、それも一緒に渡そう。

「シルビー、これよかったら貰って。シルビーに似合うと思って買ってきたんだ。明日で僕達は宿を出ちゃうからね、今までのお礼だよ」

「わぁ可愛いです。いいんですか？」

「そのために買ってきたんだから貰ってよ。シルビーには色々お世話になったからね」

「ありがとうございます、大事にしますね」

どうやら気に入ってもらえたようだ。

「この国に住んでる以上、また会うこともあると思うから、その時は一緒にご飯でも行こうね」

「はい！　是非とも」

シルビーに挨拶を済ませ、部屋に戻った。

姉さん達の姿は見えない、二人で買い物にでも行ったのかな。

「お兄様ぁ、私にも何か買って下さい」

部屋に戻ってすぐ、ルシアナが甘えた声で僕にすり寄ってきた。

シルビーに髪留めをあげたのを、見られてたようだ。

「こんなにお金があるんだから、好きなものを買ってきなよ。魔族撃退に一番貢献したのはルシアナなんだから、それくらいはいいんじゃない？」

僕達の部屋の机には、今日貰ったばかりの、大量のお金が入った袋が並べられている。

こうして見ると、白いゴブリンの時に貰ったお金が、霞んで見えるな……

「自分で買った物に価値なんてありませんわ、私はお兄様に、プレゼントして欲しいんですぅ」

価値がないは言い過ぎだと思うけど。

「わかったよ、明日の引っ越しの時に日用品を買いに行くだろうし、その時に何か買うよ」

「まぁ、デートですね!!」

デートではないけど……

こんなことでルシアナが喜ぶなら、安いもんだ。

僕は昔から、なんだかんだいってルシアナには甘いと思う。

甘えた声でお願いされると断れないのだ。

＊

「じゃあね、シルビー」

「はい。またなにかあったら泊まりにきて下さいね」

次の日、シルビーに別れを告げ、僕達四人は宿を出た。

この国にきてからは、ずっとここに泊まってたから、なんだか少しだけ寂しい気持ちになる。

暇なときに遊びに来ようかな。

お金には当分困らないだろうし、無理してギルドの依頼を受ける必要もなくなったし。

「今更だけど、あの家ってこの前の被害を受けなかったの？」

「それは大丈夫よ。この前確認したもの」

さすがレイフェルト姉、ぬかりない。

「そっか。買うものとかって決まってるの？」

よくよく考えてみると、引っ越しといってもそんなに運んだりする物はないし、新しく買わなければいけない物も少ない。

この前見た時に確認したが、ベッドやカーテン、布団といった最低限のものは備え付けられていた。

日用品を買って、そのまま家に向かえばいいだけなんだよね。

「ん～、日用品くらいかしらね。私はもう少し服とか、下着も買おうと思ってるけど」

「私も新しい下着が欲しいです。この前買ったのが思いの外小さかったので。それとも私の胸が、日々成長してるんでしょうか」

自然とリファネル姉さんの胸に目がいってしまった。

これ以上大きくなったら動きにくそうだけど……

「僕は絶対行かないからね。下着とかは姉さん達だけで行ってきてね」

女性の下着売り場に男がいると、他の女性客の視線が突き刺さるのだ。

「え～、ラゼルに見てもらいたかったのに」

今見なくても、朝になったら下着姿でベッドにいるんだから同じでしょ……

「仕方ありませんよ、レイフェルト。衣類は私達だけで買いに行きましょう。お披露目は夜のお楽しみです」

「いや、お披露目とかしなくていいからね」

「フフフ、照れてるんですね？　お姉ちゃんにはわかりますよ」

何もわかってないんだよなぁ……

「ルシアナ、貴女はどうするのかしら？　私とリファネルと一緒に行く？」

「いいえ、私はお兄様と居ますわ。それに私は下着なんて必要ありませんもの」

ん？　さらっと、とんでもないことを言ってる気がしたけど？

気のせいだよね？

「ルシアナ？　ちなみに今、下着は……」

「着けてませんわ！」

うわ、それでよくそんなヒラヒラした服を着れるよ……

「姉さん……ルシアナのも買ってきてよ」

「仕方ありませんね、ラゼルを頼みましたよ、ルシアナ」

リファネル姉さんと、レイフェルト姉は服屋がある方へと歩いていく。

その場に残った、僕とルシアナ。

「ルシアナ？　下着は着けようね、常識的に考えて」

「考えておきますわ。そんなことよりも、やっと二人きりになれましたね。さ、デート開始ですわ」

そう言いながら、僕の手を握ってくるルシアナ。

しかもただ握るのではなく、指と指をしっかりと絡めて。

よく仲のいいカップルが、こんな風に手を繋いでるけど……

「まずはあっちに行ってみましょう、お兄様！」

楽しそうに僕の手を引っ張って、屋台のある方へと進んでいく。

ま、ルシアナが楽しそうにしてるし、いいか。

僕が居なくなって、寂しい思いをしてたみたいだし。

それから、屋台で軽く買い食いをしながら、色々見て回った。

プレゼントが欲しいって言ってたけど、どんなのものが欲しいんだろ？

「ルシアナは何が欲しいの？」

「お兄様がくれるものなら、どんなものでも私の宝物ですわ」

恥ずかしげもなく、真顔でそんなこと言うもんだから、こっちが恥ずかしくなってくる。

参ったな、何でもいいっていうのが一番困るんだよね……

「ん？　ちょっとこれ見て、ルシアナ」

何かないかと、キョロキョロしながら歩いてると、蒼い宝石のブレスレットが視界に入った。

「まぁ、とても綺麗ですわ」

「でしょ？　ルシアナの蒼い瞳と同じで、凄い合うと思うんだ。これにしようと思うんだけど、どうかな？」

「嬉しいです、一生の宝物にしますわ」

また大袈裟だなぁ……

「はい、ルシアナ」

「わぁ、ありがとうございます」

購入したブレスレットをプレゼントすると、さっそく腕につけて、嬉しそうにニヤニヤしている。

アホ毛がピョコピョコと揺れてるのを見るに、気に入ってもらえたようだ。

こんだけ喜んでもらえると、プレゼントしたこっちまで嬉しくなってくる。

その後は、日用品を買ってから、姉さん達と合流して新しい家へと向かった。

＊

「フゥン、中々お洒落な家ですね。気に入りましたわ！」

新居に着いて早々、ルシアナが偉そうに腕を組みながら頷いている。

「でしょ！　もう部屋割りも決めてるのよ！　ついてきなさい！」

レイフェルト姉が先頭を歩き、僕達はその後ろをついていく。

念願の家がようやく手に入って、かなりご機嫌だ。

「まずは、この部屋よ！　ここはリファネルね。そして、向かい側が私」

どの部屋も、多少の違いはあるけれど、だいたい似たような造りになっている。

「で、ここがルシアナの部屋ね！」

あれ？　この流れでいくと、僕の部屋もあるんじゃないか？

まだ部屋は残ってるし。

なんだかんだいっても、やっぱり僕のことも考えてくれてたんだ。

「レイフェルト姉……」

僕は感動して、レイフェルト姉を見た。

すると片目をパチッと閉じて、こちらに微笑みかけてくれる。

ありがとう、レイフェルト姉。

心の中でレイフェルト姉に感謝して、次に案内されるであろう自分の部屋に、心踊っていた。

「そしてここが、ラゼル――」

その部屋は、他の部屋よりもかなり広めで、二部屋分くらいの広さがあった。

真ん中には大きいサイズのベッドが、置かれている。

それにしても大きすぎないか？

「――と、みんなの部屋よ!!」

……うん、わかってたさ。

でも、もしかしたらって思ったんだ…………

少しでも期待した僕が愚かだったよ…………

「……この大きいベッドはどうしたの？　この前来たときはなかったけど」

「フフ、この前買っといたのよ。ラゼルがゆっくりと熟睡できるように、お姉さん奮発しちゃったわ」

僕は普通のベッドでいいのに……みんながくっついてこなければ、ゆっくり寝れるよ……

「ちなみになんだけど、他の余ってる部屋は使わせてもらっても？」

「駄目よ！　ラゼルの部屋は、みんなでここって決めたんだから！」

そのみんなに、僕が入ってないんだよなぁ……おかしいよね？

ふぅ……仕方ないか、もう諦めよう。

それが一番早い。

＊

「今日は引っ越し祝いも兼ねまして、私の手料理を振る舞おうと思うのですが、何かリクエストはありますか？」

引っ越しの荷物を各自、部屋へと運んだり色々してるうちに、晩御飯の時間になった。

その時だった、リファネル姉さんがとんでもないことを言い出したのは。

いや、言ってることは何もおかしくないんだけどさ……

ルシアナの肩がビクッと揺れた。

顔にはうっすら汗が滲んでいる。

ルシアナも小さい頃から、何回も姉さんの料理にヤられてるからね……

「はい、却下よ～！　今日は外に食べに行くの！　もう店も予約してるんだから」

こういう時のレイフェルト姉は、本当に頼りになる。

姉さんには悪いけど、手料理はもうこりごりだ……

ルシアナもホッとした表情をしている。

「予約してるのなら仕方ありませんね。私の手料理はまたの機会にしましょう」

その機会がないことを、心から願うばかりだ。

＊

「美味しかったわねぇ〜。ラゼルぅ」

予約した店で晩御飯を済ませ、家への帰路。

レイフェルト姉が酔っ払って絡みついてくる。

「ちょ、歩きづらいってば」

「レイフェルト姉様……飲み過ぎですわ。お兄様にあまりベタベタしないで下さい！」

「酔っ払ってなんかないわよぉ〜、それにラゼルは私のなんらからぁ」

酔っ払いはみんなそういう風に言うんだよ……呂律も回ってないし。

「まったく、酒に呑まれるなんてだらしないですよ。レイフェルト」

リファネル姉さんも結構呑んでたけど、酔ってるようには見えない。

「姉さんはお酒強いんだね」

「ふふふ、お姉ちゃんは誰にも負けないのです。たとえ相手がお酒でも」

「あら？　お兄様、家の前に誰か居ますわ」

「え、本当？　こんな時間に誰かな？」

目を凝らして見ると、確かに人影が見えるような……

「遅いわよ！　こんな時間まで何処、ほっつき歩いてんのよ」

家の前まで着くと、人影の正体が明らかになった。

「ハナさん!?　なんでここに？」

「貴方に用はないの！　ツリ目女、私と戦いなさい!!」

いきなり来たハナさんが、リファネル姉さんに戦いを申し込んだ。

また面倒臭くなりそうな気配がする………

パーティーで会った時と同じで、敵対心剥き出しだ。

「あらら？　誰かと思ったら、魔族が攻めてきたにもかかわらず気絶していた、勇者パーティの一員ではありませんか？　私と戦う？　相手をよく見てから挑んだほうがいいですよ？

貴女はラゼルに危害をくわえようとしたので、戦うなら容赦はしませんが」

いつもよりも饒舌に喋るリファネル姉さん。

もしかしたら、お酒の影響もあるのかもしれない。

「あいかわらずムカつくわね………魔族のことはファルメイア様に聞いたわ。でもね、私は貴女達が魔族を撃退したなんて信じちゃいないの。どうせファルメイア様が弱らせた所を上手くやったんでしょ？　私は私が見たものしか信じない」

「いいでしょう。ちょうど食後の運動がしたかったところです。軽く斬り伏せてあげましょう」

「ふん、ついてきなさい」

ハナさんがこちらに背を向け、歩き始めた。

ラナはお姉さんと仲直りしたがってたし、ハナさんに何かあればきっと心配するだろう。

「……リファネル姉さん、やり過ぎないでよ？」

「ええ、さっきはああ言いましたが、ちゃんと手加減しますよ。任せて下さい。それにラゼルは家で待っててもいいですよ？」

「いや、僕も行くよ」

多分大丈夫だろうけど、念のためにね。

いざとなったら姉さんを止めないと。

「お兄様が行くなら、私も行きますわ」

ルシアナが僕の手を握る。

うん、心強い。

最悪、ルシアナに止めるのを手伝ってもらおう。

「私は先に帰って寝てるわね」

レイフェルト姉は興味がないのか、家の方へと歩いて行く。

「ちゃんと自分の部屋の、自分のベッドで寝てね」

「ラゼルのために、ベッドを暖めておくわね、それじゃ」

会話が成立しない…………

僕達三人は、ハナさんについていった。

＊

「ここなら、周囲に人も住んでないし、思う存分戦えるわ。さぁ剣を抜きなさい」

そこは、シルベスト王国の王都を出て、少し歩いた場所だった。

周りは木々に囲まれていて、僕達のいる場所を中心に円形に地面が広がっている。

誰かが、人工的に作った場所のようだった。

「実力の違いを見せてあげましょう」

お互い剣を抜く。

僕とルシアナは端っこの方へと下がって、二人の戦いを見守っている。

ルシアナは目を擦って、欠伸をしている。

眠そうだ……

「私から行くわよっ！」

先に仕掛けたのはハナさんだった。

魔術で剣に炎を纏わせて、リファネル姉さんへと斬りかかった。

ハナさんのスピードはかなり早いが、まったく見えない程ではなかった。

僕でも集中すれば、かろうじて見ることができた。

見えたとしても、対応できるかは別の話だけど。

姉さんは最初の一太刀をなんなくかわして、ハナさんの後ろに移動した。

「なっ!?」

ハナさんは避けられたことに驚きつつも、直ぐに後ろのリファネル姉さんへと向かっていく。

だがその攻撃も空振りに終わった。

リファネル姉さんは、一太刀目と同じように避け、また後ろへと回り込む。

今の所、攻撃を仕掛ける気はなさそうだ。

「ちょこまかと、スピードには自信があるみたいだけど――」

ハナさんが右手で剣を構えつつも、左手をリファネル姉さんへと向ける。

「これでどうかしら?」

リファネル姉さんを取り囲むように、氷の柱がいくつも現れる。

氷に埋もれて、姉さんの姿は見えなくなってしまった。

「油断したわね、私が魔術師であることを忘れてたのかしら!? これで終わりよ!」

追い討ちをかけるようにして、次の魔術が放たれる。

ハナさんが炎を纏った剣を横凪ぎに振ると、炎の斬撃が氷に向かって飛んでいく。

轟音が響いて、氷は粉々に弾け飛んだ。

けど、そこに姉さんの姿はなかった。

「……姉さん」

もしかして、脱出が間に合わなかったのか？

あれが直撃してたら、いくら姉さんでも…………

「ふぁ～、まるで子供のお遊びですわね」

ルシアナが欠伸をしながら、呆れた目でハナさんの後ろを見ていた。

僕もつられて後ろを見ると、何事もなかったかのように姉さんが立っていた。

あれだけの攻撃でも、服には汚れ一つ付いてない。

「なんで…………どうやって避けたのよっ？　私の魔術は完璧だった筈なのに、どうして!?」

後ろに立つリファネル姉さんに気づいたハナさんは、本当にわからないといった感じで、苛立ちながら叫ぶ。

「あれで完璧とは、笑わせます。そうですね、一つだけ教えてあげましょうか。貴女は自分が強く、才能にも恵まれてると思っているんでしょう？　実際、魔術も剣術も中々のものだと思います。ですが…………」

大人しくリファネル姉さんの言葉を待つハナさん。

「それは一般人から見たらの話です。剣の道を極め『剣聖』とまで呼ばれるこの私には、どちらも半端にしか映りません。そんな半端者の貴女が私に勝てる道理などありません。貴女程度の者は、私のいた国では珍しくもありませんでしたよ」

「…………剣聖？」

「貴女の刃が、魔術が、私に届くことはありません」

「……剣聖ですって!?」

「周りが勝手に呼んでるだけで、特に拘りなどはありませんがね」

ハナさんも『剣聖』という言葉を聞いたことがあるのか、固まっている。

『剣聖』とは、剣術を極めたものに与えられる称号である。

姉さんは、ラルク王国の剣士として戦場でひたすら戦い続け、気付いたらそう呼ばれるようになっていたと言ってたけど………

レイフェルト姉が言うには、その戦場で、当時『剣聖』と呼ばれていた、アルスタットという剣士を倒したのがきっかけらしい。

姉さんは相手が『剣聖』だなんて、気付いてすらいなかったという。

目の前に立ちはだかったから、斬っただけなんだろう。

だが、何とか一命をとりとめたアルスタットが、純粋な剣の勝負で負けたと言って、『剣聖』を名乗るのをやめたのだ。

その結果、アルスタットを打ち破った姉さんが『剣聖』と呼ばれるようになってしまった。

「……ふん、相手が剣聖だからって、私が負ける理由にはならないわ。次で終わりにしてあげる」

決して強気な姿勢を崩さないハナさんだが、言葉に余裕がなくなってるように感じる。

「これ以上やるのなら、私も反撃しますよ？　よろしいんですか？」

「上からもの言ってんじゃないわよっ!!」

ドスッと、ハナさんが地面に剣を突き刺した。

「何をしようとも無駄です――!?」

喋ってる途中で、リファネル姉さんが地面を思い切り蹴り、飛んだ。

その直後。

姉さんがいた地面から、龍の形をした火の魔術が飛び出してきた。

かなりの大きさだ。

ゴオォォと唸りをあげ、姉さんを焼き尽くそうと迫る。

「小賢しいですっ!!」

この日初めて、姉さんが剣を振った。

結果、炎の龍は真っ二つになり、消滅した。

「そんなの予想済みよっ！」

いつの間にか、姉さんの着地点には、ハナさんが立っていて炎を纏った剣を構えている。

着地した直後を狙っていたのだろう。

「はぁ、こんな小細工で勝てると思われてるとは……残念です」

しかし落下しながらも、焦った様子は見られない。

お返しと言わんばかりに、空中で剣を振り、ハナさんに向けて斬戟を繰り出す。

「えっっ、きゃあぁっっ!!」

まさか落下の途中で攻撃してくるとは思わなかったのか、ハナさんは斬戟を捌ききれずに吹き飛んだ。

「さて、今までのは前座です。これから、ラゼルを攻撃した分の罪を償ってもらいましょうか……」

剣を構えながら、あえてゆっくりとハナさんに近付いていく。

「ひぃ、こっ、来ないでっ！」

あちこちボロボロのハナさんが、剣や鞘を投げつけながら、後ずさる。

もう最初の余裕は一切なく、本当にリファネル姉さんに怯えてるように見える。

これ、止めたほうがいいよね……？

「姉さ――」

「――待って下さいっ!!」

姉さんを止めようと、近付こうとした時だった。

ハァハァと息を切らしながら、ラナが現れた。

リファネル姉さんから、ハナさんを守るように立っている。

何でこのタイミングでラナが？

「ラナではありませんか、何故ここに？」

リファネル姉さんも不思議そうに、首を傾げてる。

「お姉様が武装して城を出たので、もしやと思いついてきました」

ラナはハナさんと仲直りしたがっていた。

表面上は仲が悪くても、傷だらけでボロボロのハナさんを放っておけなかったのかもしれない。

「そうですか。では退いて下さい。私はこれからそこの女に、罰を与えねばならないのです」

喋りながらも歩き続け、ラナの前まで近付いた所で、一旦動きを止める。

「……退きません!!　もうお姉様はボロボロです。すでに決着はついてます」

「私は大丈夫だから、あんたは城に帰りなさいよ」

「いいえ、帰りませんし、絶対に退きません」

妹のラナが来たからだろうか、ハナさんは先程までの取り乱した口調ではなかった。

「本人もそう言ってます。それに、こんな姉を庇う必要はないと思いますが」

「………わかってます。きっと今回のこともお姉様から仕掛けたのでしょう。それにお姉様は私を嫌っています。でも………」

ラナは目に涙を浮かべながらも、決してそれを溢さないように堪えながら、言葉を絞り出す。

「それでも、目の前でボロボロのお姉様を放っておくなんてできないんですっ！　例え嫌われていようとも、私はお姉様を嫌いになんてなれないんですっ。だからっ………これ以上、お姉様に酷いことしないでっ！！！」

ラナがこんなにも感情的になってる所は初めて見たかも。

もう涙は堪えられなくなり、ポタポタと地面に落ちている。

姉さんは黙ったまま、動かない。

何か考えているのだろうか？

「リファネル姉さん、もし僕のことで怒ってくれてるんだとしたら、もう大丈夫だからさ。ね？」

「ラゼルがそう言うのなら、今回は許してあげましょう…………次はありませんからね？」

ニッコリとハナさんに微笑むリファネル姉さんだが、目は笑ってない……

「ごめんねラナ、僕達はもう帰るよ。一人で大丈夫？」

この二人を残して帰るのは少し不安だが、いい機会かもしれない。

二人きりで話をすれば、仲直りのきっかけにもなるかも。

「は、はい。大丈夫です。すいません、声を荒げてしまって」

涙を拭いながら、なんとか平静を装うラナ。

「じゃ、僕達は帰ろっか、行こう」

ラナとハナさんを残し、僕達は家に帰る。

大丈夫かな？　上手くいくといいけど…………

＊

「お姉様……大丈夫ですか？」

私はボロボロの姉に、手を差し伸べた。

余計なことをしたのはわかってますが、傷ついて倒れてるお姉様を見て、気付いたら飛び出てました。

「…………ありがと……」

私は目と耳を疑った。

一応、手を差し伸べましたが、プライドの高いお姉様のことだから、きっと私の手なんか借りずに自らの力で立ち上がると思っていました。

それが、手を握るどころか、お礼まで言われるなんて…………

ビックリです。

どういう心境の変化でしょうか？

「肩を貸しますので、城に戻りましょう」

お姉様と一緒に、城への道を歩く。

いつぶりでしょうか、お姉様をこんなにも近くに感じるのは。

「…………ってないから」

「はい？　なんですか？」

お姉様が何か言ったような気がしましたが、上手く聞き取れませんでした。

「だから、別に貴女のこと、嫌ってないって言ったの!!」

「え……？　私はずっと嫌われてると思ってましたが……違うのですか？」

「貴女が最初に、私を無視したんじゃない!!　それで、ムカついて………………」

確かに、昔の私はお姉様に嫉妬していて、嫌な態度をとったり、時には無視もしたかもしれません………

「ごめんなさい……あの頃の私は、お姉様の才能に嫉妬していて…………才能に恵まれたお姉様が眩しくて…………本当にごめんなさぃ」

昔を思い出すと、また涙が溢れてきた。

そうです。もとはといえば、私が原因なのに……

「あぁ、もう鬱陶しいわね！　いちいち泣くんじゃないわよ」

「だって……私は、下らない嫉妬心でお姉様に嫌な態度をとって……それで………」

「……いいわ、許してあげる」

「え？」

「さっき私を庇ってくれたでしょ？　あれでチャラにしてあげるわ。私も姉なのに妹に対してムキになって、大人気なかったわ………ごめん」

「……ふぇ………ふぇぇーんっ……!!」

「え？　ちょ、ちょっと？　どうしたのよ急に!?」

お姉様と仲直りできた安堵からか、私は声を出して泣いていた。

「ふぇぇん、だって、私、ずっとお姉様と仲直りしたぐて、だから……うれしくてぇっ」

「ちょ、私怪我人なのよ？　あんましこっちに体重かけないでよ！」

「ごめんなさぃぃー、ぐすっ」

そうでした、仲直りできたのは嬉しいですが、今はお姉様の傷の手当てをしないと。

＊

「……と、ただいま」

ハナさんとラナを二人残して、家へと帰宅した。

返事が聞こえないので、レイフェルト姉は寝てしまったんだろう。

「ラゼル、私はお風呂に入りますが、先に入りますか？」

リファネル姉さんは長風呂だから、気を利かせて聞いてくれたんだと思う。

「僕は最後でいいよ。せっかく広いんだから、ルシアナも一緒に入ってくれれば？」

さりげなく一緒に入ることを勧めて、僕の時に入ってこないようにする。

「私は大丈夫ですよ。お兄様と入るので」

僕が大丈夫じゃないんだけどなぁ………

「ほら、ルシアナ。行きますよ？　たまには姉妹仲良く入ろうではありませんか」

「え、ちょ、私はお兄様と――」

ナイス姉さん。

ルシアナはリファネル姉さんに引きずられながら、お風呂へと向かっていった。

僕は自分の部屋に向かった。

ガチャリと、ドアを開ける。

「…………はぁぁ」

わかってたことだけど、レイフェルト姉がベッドで寝ている。

レイフェルト姉を起こさないように、そっと自分の剣を掴み、外に出る。

せっかく庭があるんだし、お風呂が空くまで剣でも振ってようかな。

それにしても、今日の戦い。

ハナさんの魔術も凄かった。

姉さんは半端者とか言ってたけど、魔術も剣術もあれだけ使えるならいいよね。

僕は魔術が使えないから、必然的に剣術を鍛えるしかないけど、いくらやっても強くなれない。

本当にルシアナとリファァネル姉さんと同じ血が流れてるんだろうか…………

あの二人を見てると、たまにそう思ってしまう。

＊

「ラゼル？　お風呂空きましたよ」

「ありがとう、今行くよ」

リファァネル姉さんがタオルを渡してくれたので、汗を拭いながら家へ戻る。

やっぱり庭があるっていいね。

夜遅くても、周りを気にしないで済む。

「ラゼルは今のままでいいと思いますよ？　いつも言ってますが、もし敵がいたら私が斬り捨てますので」

「昔から剣を振ってたからさ、もう日課みたいになってるんだよね」

「そうですか、あまり無茶をしては駄目ですよ」

確かに姉さん達がいれば、僕の強さなんて必要ないだろう。

何が起こっても、きっと姉さん達がなんとかしてしまう。

その圧倒的な力で。

でも、いつまでも姉さん達が僕の近くにいるとは限らない。

人生何が起こるかなんて、誰にもわからないから。

そういう時のためにも、最低限生きていけるくらいの強さは必要だと思う。

＊

「あ〜気持ちよかったぁ」

お風呂上がりに部屋へ戻ると、ベッドにはリファネル姉さんとルシアナがプラスされていた。

自分の部屋の意味が…………

「布団を温めておきました。さ、寝ましょう」

ルシアナは既に眠っていて、起きてるのはリファネル姉さんだけだった。

「いや〜、ベッドもいっぱいみたいだしさ、僕はルシアナの部屋で寝るよ」

「何を言いますか、ちゃんとラゼルの場所は確保してます。さぁきて下さい」

ベッドを見ると、リファネル姉さんとルシアナの間に少しだけ、隙間がある。

「いや、でも………」

「それとも、お姉ちゃんのことが嫌いなんですか？」

姉さんが悲しそうな目でこっちを見てくる。

嫌いとかそういう問題じゃないんだよね。

普通はこの歳で、姉弟一緒に寝るなんてあり得ないと思うんだ。

「……嫌いじゃないけど」

「なら来て下さい、さぁ！」

仕方ない、今日だけ我慢しよう。今日だけ……

「姉さん、ちょっとくっつき過ぎじゃないかな？　暑いんだけど………」

「そうですか？　いつも通りですが」

そりゃ、いつもくっついてるけどさ………

仕方ない、こういう時は何も考えず寝てしまおう。

姉さんに抱きつかれたままで、心を無にして寝ようとしたけど、中々寝付けない。

「姉さん、起きてる？」

「はい、起きてますよ。どうかしましたか？」

「いや、ラナとハナさん大丈夫かなって」

「ラナはハナのことが、なんだかんだ好きみたいですし、大丈夫なんじゃないですか？」

「だといいんだけど」

「姉弟は仲良しが一番です」

姉さんが僕を抱く力を強める。

「そっか……そうだよね」

僕達は仲が良すぎる気もするけど…………

近いうちに、ラナに仲直りできたか聞いてみよう。

エピローグ

「して、ゾルバルよ。ロネルフィが戻ってきたというのは本当か？」

「はい、昨晩戻ったのを、他の護衛が確認しております」

ラルク王国、王の間にて、国王と側近のゾルバルが言葉を交わしていた。

剣聖リファネルに斬られた傷は癒えたようだ。

「そうか、ではロネルフィを呼べ。今すぐにだ」

「……今すぐ、ですか……」

なんとも歯切れの悪いゾルバル。

「なんだ？　何か問題でもあるのか？」

「いえ、なんでもありません。すぐ呼んで参ります」

ロネルフィ。

ラルク王国最強の女。

実際に戦ってはいないが、その剣速や剣技は剣聖をも凌ぐと噂されている。

強い敵と戦うことを生き甲斐としている、戦闘狂。

ラルクを象徴するかのような女戦士、ロネルフィ。

彼女は、ほとんどラルク王国には居ない。

常に強いものを求めて、フラフラしている。

その性格は非常に好戦的で、容赦がない。

ゾルバルは若い頃、彼女に戦いを挑まれ、あっさりと敗北していた。

そんな記憶があるからか、彼はロネルフィに苦手意識を持っていた。

だが、国王の命令なので、重い腰を上げ、ロネルフィを呼ぶべく立ち上がった。

その時だった。

「私に何か用？」

ロネルフィが扉を開け、王の間へと入ってきた。

常に戦場に身を投じている者のみが纏う、独特の覇気。

見るもの全てを射殺すかのような、鋭すぎる眼光。

ただそこにいるだけなのに、圧倒的な存在感を放っている。

「おお、ロネルフィ。よく戻ったな。魔族はどうだった？」

「全然駄目ね。やっぱり幹部クラスや魔王と戦ってみたいわね。そこら辺の雑魚じゃ相手にならないわ」

ロネルフィは王からの命で、魔族を排除していた。

命とはいっても、それは魔族と戦うのが面白そうと思ったからで、興味のないことには例え王の命でも動かない。

彼女はそういう女だ。

「そうか、戻ったばかりで悪いが一つ頼まれてくれんか？」

「嫌よ。しばらくはゆっくり過ごすって決めてるの」

王の頼みを一蹴するロネルフィ。

「貴様、王に向かってなんて態度を!!」

ゾルバルがたまらず、怒鳴り声を上げる。

「ああ、いたのねゾルバル。影が薄すぎて気付かなかったわ。貴方こそいいの？　私にそんな口きいて。王の側近だかなんだか知らないけど——斬り殺すわよ？」

「……」

ゾルバルは黙らざるを得なかった。

これ以上何か言えば、本当に殺される。

殺意という名のプレッシャー。

ロネルフィは殺ると言ったら殺る女だと、ゾルバルは知っていた。

「お前は強い者と戦いたいのだろう？」

国王が口を挟む。

「ええそうよ。私は戦いが好きなの。強い者と戦ってる時の、ゾクゾクする感じがたまらないのよ」

「リファネルとレイフェルト、それにルシアナ。この三人をラルクに連れ戻して欲しいのだ」

「へぇ、あの娘達、国を出たの。三人も同時期に居なくなるなんて、何か理由でもあるの？」

「恐らくだが、ラゼルを追ったのだろう。少し前にラゼルをこの国から追放したのだ」

国王は、自分の息子のことなのに、まるで他人のように語る。

「アッハハ、自分の息子を追放なんて、酷いことするわね。それであの娘達も居なくなったわけね」

「そうだ。いくらこの国でも、あいつらを連れ戻せる程の実力者は限られてくるからな」

「ファントム辺りに頼めば？」

「あいつはルシアナを止めようとして、返り討ちに合った。当分は動けまい」

「ふーん、ダサいわね、あの男も。わかったわ、連れ戻すかどうかは別として、少し休んだら様子を見てくるわ。一度あの娘達とは戦ってみたいと思ってたの」

「頼んだ」

＊

「あの娘達と会うのも久しぶりだわ…………懐かしいわね」

殆んど使うことのない自室のベッドに寝転がりながら、どこか遠くを見つめるロネルフィ。

その表情は、どこか優し気だった。

《了》

あとがき

初めまして、戦記暗転と申します。名前の由来は「閃輝暗点」という、片頭痛の前兆で現れる視覚異常です。昔からこの症状に苦しめられていたので、この際ペンネームにしてやろうと思ってつけました。

この『姉が剣聖で妹が賢者で』が初書籍化作品です。正直書籍化できるなんて想像もしてなかったので凄い嬉しいです。

私が書き始めたきっかけはネットサーフィンをしていて、小説家になろうでブックマーク100を越える作品は全体の5％くらいしかないというスレを見て、登録も簡単だし挑戦してみようかなと思ったのがきっかけです。本当に軽い気持ちで始めました。

最初は全然ブックマークがつかなくて大変でしたが、頑張って続けた結果ランキングの一番下の方に載る事に成功しまして、それから書籍化が決まるまでは本当に一瞬でした。

この書籍化がきっかけでTwitterを始めて、先輩作家さんに色々な話を聞いたりと、今思うとその辺りが一番ワクワクして楽しかったかもしれません。

あとはイラストレーターさんを決める時もドキドキしましたね。この作品を担当して下さったのは大熊猫介先生なんですが、『新妹魔王の契約者』や『ハンドレッド』という作品も担当していて、アニメにもなっています。

実は小説家になろうで作品を書き始める直前までこのアニメを見ていて、可愛い魅力的なキャラクターだなぁと思っていたのですが、まさかそれをデザインした方に担当してもらえるとは。決まった瞬間にめっちゃ喜んだのを覚えてます。

実際にキャラクターデザインが出来上がった時も、想像以上の上手さでニヤニヤが止まりませんでした。素敵な絵をありがとうございました。

そして私の作品を担当して下さった編集さん。右も左もわからない状況でしたけど、とても丁寧に色々と教えて下さりました。ありがとうございました。

最後になりますが、『姉が剣聖で妹が賢者で』を買って下さった読者の皆様、本当にありがとうございます。

2巻が出るかどうかはまだわかりませんが、もし出せたなら買って貰えると嬉しいです。

その時はまたお会いしましょう。

戦記暗転

BRAVENOVEL
ブレイブ文庫

姉が剣聖で妹が賢者で

2020年4月28日　初版第一刷発行

著　者　　戦記暗転

発行人　　長谷川　洋

発行・発売　株式会社一二三書房
〒101-0003　東京都千代田区一ツ橋2-4-3
光文恒産ビル8F
03-3265-1881

印刷所　　中央精版印刷株式会社

■本書は小説投稿サイト「小説家になろう」(http://syosetu.com/) に掲載された作品を加筆修正し書籍化したものです。

ISBN 978-4-89199-622-2